這一次我的選擇

梅洛琳 著

揮灑著色彩的青春中，
仍有一抹暗淡，
始終揮之不去
曾熾熱鮮活的心，
隨著時間的拉長而變調，
她知道，
卻無力改變……

崧燁文化

目錄

目錄

第一章

「哎喲！」

伴隨著一聲慘叫，是一個物體的重重落地聲響，還有漫天飛舞的作業簿，如雪花般的飄在空中，再落下。

可想而知的，這一跤一定跌得不輕，要不然聲音的主人，不會趴在地上半晌起不來。

好一會兒，在地上那像烏龜般的身影，才慢慢動彈。

「痛……痛……」

楊原玲摸著膝蓋，不敢馬上起來，剛剛撞得她好痛。等那像是骨頭要碎裂的感覺消逝之後，她才慢慢起身。

「咦？眼鏡呢？眼鏡……眼鏡……」她瞇著眼睛，左右張望。還好近視不是失明，

第一章

隱約的，她看到前方有個類似眼鏡的物體，伸手向前探去，不料——

一隻惡魔般的巨腳走了過來……

「啪嚓！」

「哇！我的眼鏡！」平常百米都要跑個二十秒的她，這時突然發揮了超人的光速，以迅雷不及掩耳的速度，上前推開了那隻巨腳，拿起她賴以維生的重要物品。

戴上眼鏡……哇！裂掉了啦！她的右眼世界分成好幾個，而罪魁禍首也像妖魔鬼怪似的，從鏡片望出去，分成兩、三個。

「對不起。」傅新凱道歉。

「你幹嘛踩我的眼鏡？」楊原玲大吼。

「我沒看到。」

「眼鏡就在地上，你怎麼會沒看到？」

「我不是故意的。」誰知道他走得好好的，突然就跑出一個眼鏡給他踩？

「不是故意的？不是故意也壞了啦！你看，我這樣怎麼戴？」楊原玲指著鼻梁上的眼鏡氣得大叫。

她平常考試吃飯讀書都要靠眼鏡，除了洗澡跟睡覺時間會取下，其他時候從來沒拿下來過，沒想到這個傢伙竟然一下子就把她的重要生命扼殺！突來的衝擊讓她情緒激動，脾氣飆了起來！

「不是跟妳說過我不是故意的嗎？」傅新凱也發起脾氣來。

「我下一堂還有考試，眼鏡變成這樣，你叫我待會怎麼考試？」數學對她來說已經很吃力了，現在眼鏡又壞了，嗚……天要亡她嗎？

「還有一個鏡片可以看啊！」傅新凱逞強的辯解。

「你……要不然你閉起一隻眼睛走路啊！」

「我有兩隻眼睛，為什麼只能用一隻眼睛走路？」

「你叫我用一個鏡片考試，那你就給我用一隻眼睛做事！」楊原玲氣結，已經不知道自己在說什麼了。

「我……我為什麼要聽妳的話？」傅新凱覺得她莫名其妙。

第一章

「你……」楊原玲知道他當然不會聽他的話，只是眼鏡破掉的她心情大亂，才會說出那些語無倫次的話。

雖然還戴著眼鏡，但那鏡片後的眼眸睜得渾圓，像是要比鏡片還大，並且穿過厚重的玻璃向他直射而來。

傅新凱見她氣得渾身發抖，地上還躺了好幾本散掉的作業簿，可能是剛才跌倒時散落的吧？再加上眼鏡破掉，做什麼事一定都很不方便，難怪她會這麼生氣。

再怎麼說，眼鏡是他的腳踩壞的沒錯。思及至此，傅新凱勉強壓下怒氣，說道：

「我賠妳可以了吧？」

「你要怎麼賠？我待會還要考試耶！」想到下堂的數學課，她本來就夠緊張了，又遇上這種事，嗚……

「放學後我帶妳去配眼鏡可以了吧？妳哪一班？」

「來不及了啦！」她想要把所有怨氣出在他身上。

「妳到底要不要賠？」傅新凱不耐煩起來。

楊原玲本來還想跟他吵架，後來想想再吵下去也沒用，再說國文老師還等著她這個小老師把同學的作業簿拿給他，看來只好先暫時這樣了。

「二年十七班啦！」她勉強告訴他班級，忽然又想到：「等一下，你哪個班級？」怕他落跑，她上前抓住他的制服，定眼一瞧，三年九班，上頭還繡著「傅新凱」三個字。

很好，這下她記住他了，渾然沒察覺自己靠得他太近，有違男女授受不親的原則。

放開他的制服，楊原玲退後一步，推推已經鬆脫的鏡架，將地上的簿子一本本撿起來。

傅新凱好心幫她撿起簿子，楊原玲一把搶過，嫌惡的看著他。

「不用你管啦！」

既然如此，傅新凱也懶得理她，他聳了聳肩，站在一旁看她。

雖然口頭上叫他不用管，可是他還真的不幫她撿了？楊原玲惡狠狠的瞪了他一眼，將所有的簿子都撿了起來，拐著腳，離開了現場。

第一章

※　※　※

楊原玲捧著一堆作文簿，拿著右邊鏡片已被踩碎的眼鏡回到了教室，引起眾人的注意。平常的四眼田雞怎麼只剩兩隻眼睛？礙於正在上課，沒人敢發問。

倒是在講臺上的老師問道了：

「楊原玲，妳怎麼了？」

「呃……剛剛不小心跌倒了。」她不想解釋太詳細，有點糗。

「妳小心點，回座位上去吧！」

「是。」

將作文簿放到講臺，楊原玲回到座位上才將被踩壞的眼鏡戴上，她知道這樣一定很拙，所以剛回來的途中，根本不敢戴上，不過現在要看黑板上的字，只好再度戴上啦！

「原玲，妳的眼鏡怎麼了？」坐在她身邊的劉語晴壓低了音量，小小聲的問道。

「被一個冒失鬼踩壞了！」她生著悶氣道。

「眼鏡不是在妳臉上嗎？怎麼會被踩壞？」難不成對方有佛山無影腳，一腳踢到她臉上？

「不是啦！是我不小心跌倒，眼鏡飛了出去，對方就踩了上去。」一想到傅新凱那張臉，她就有氣。

「原來如此……」

「楊原玲、劉語晴，不要講話。」在黑板上寫完作文題目的國文老師轉過身來，出聲斥喝，害得楊原玲和劉語晴兩人漲紅了臉，兩個人彼此望了一眼，不好意思起來。

都是那個可惡的傅新凱害的！楊原玲握著筆想著。

※　　　※　　　※

劉語晴是楊原玲的好朋友，兩個人從一分班後就坐在一起，再加上又特別有話聊，感情也就熱絡起來。也多虧她，剩下的幾堂課楊原玲才得以順利完成筆記。要不然她可不知道戴著一副破碎的眼鏡，她有辦法看清黑板上的字嗎？

至於今天的數學小考，哎！成績她是不敢想了。3有沒有被她看成8她是不知道，不過她肯定又要見紅了。

第一章

算了！算了！已經「烤」過了，不想那麼多。上完最後一堂課，大夥收拾著書包，準備回家，楊原玲拿著眼鏡，把它放到制服前的口袋。

「楊原玲，妳這樣可以回家嗎？」劉語晴問道。

「應該可以。」看公車又不像上課，非得把黑板上每個字都看清楚，再說她公車固定就搭那幾班，熟悉得很，應該不至於搭錯。

至於她為什麼不戴眼鏡回家？嘿！再怎麼說她也是個女孩子，要她戴著壞掉的眼鏡出學校大門，醜斃了！

「楊原玲，有人找妳。」門口有人叫著。

楊原玲瞇著眼睛往外瞧，唔……有點模模糊糊的，是誰呀？正當她考慮要不要將眼鏡戴上好看個清楚時，對方走了進來。

「楊原玲。」

「你……是你？」站得這麼近，她不看清楚都不行了。

「對，我來帶妳去配眼鏡的。」傅新凱看著楊原玲，楊原玲又沒戴眼鏡，兩個人完全沒注意到劉語晴見到傅新凱時，眼睛突然亮了起來。

「原玲，就是他踩壞妳的眼鏡啊？」劉語晴有些興奮的問道。

「對。」看到傅新凱時，早上的怨氣又起。「你真的來了？」

傅新凱蹙起眉頭。「妳以為我不會來？」他像是那種不負責任的人嗎？

「我怎麼知道？」她還想如果他賴皮的話，她要怎麼逼他就範？

傅新凱被她輕蔑的口氣激到，也惱了，語氣也不怎麼好：「妳到底要不要走？」

吼！踩壞人家的眼鏡，語氣還那麼差？楊原玲對他的印象更惡劣了！

「當然要走！」他得負責到底。

「原玲，要不要我陪妳？」劉語晴忽然問道。

楊原玲想想，她一個女孩子跟著傅新凱走，本來就有點顧忌，再加上她鏡片壞掉，她鐵定不會戴著只剩一片鏡片的眼鏡在街上走，有劉語晴陪她，她也比較安心。

嗯，劉語晴果然是她的好朋友。

「好啊！」

第一章

「那就走吧！」傅新凱催促著。

※　　※　　※

由於楊原玲的眼鏡是在寶島眼鏡配的，最好的方法，就是回原廠去修。於是三個人步行到最近的分店去配眼鏡，一路上，楊原玲都霧裡看花，視線都濛濛的，乾脆拉著劉語晴的手走路。

傅新凱跟著兩個不認識的女孩子走，感覺有點奇怪，而她們也沒講話，為了讓氣氛緩和點，他問道：

「楊原玲，妳度數多少？」

楊原玲瞧了他一眼，雖然對他很不爽，不過再吵下去也無益，勉強開口：「六、七百吧？」

「哇！那麼深？」

「幹嘛？你沒近視喔？」這時代的人不是看書就是看電視，誰的眼睛沒毛病？難怪眼鏡行一間接著一間開。

「對呀！」

他一句對呀聽得楊原玲怪刺耳的，每個學生耗在書本上的時間不知有多少，雖然不一定是課本啦！但至少是脫不了關係的。她的近視就是這樣來的，而他竟然還一副沾沾自喜的樣子，她看了就討厭。

「你都不看書喔？」她挖苦的道。

「要保持距離呀！」

楊原玲瞪了他一眼，不想再理他，他這話好像她近視是她活該，更令人生氣了。

其實傅新凱根本沒她想得那樣，只不過先入為主的觀念，讓她對他的言行都帶著偏見，才會覺得惹人厭。

不甘寂寞，劉語晴也開口了，讓有些緊繃的氣氛緩和些：

「我也有近視，不過戴的是隱形眼鏡。」

「對呀！妳為什麼不戴隱形眼鏡？」傅新凱望著楊原玲問道。

「不是每個人都適合戴好不好？」楊原玲沒好氣的道。

第一章

「嗯？」

「我以前也戴過，結果眼睛覺得癢癢的，還有點出血，醫生說我不適合戴隱形眼鏡。」愛美跟健康比起來，還是以保護靈魂之窗為主，要不然將來失明可就得不償失了。

「難怪妳都一直都是戴眼鏡。」劉語晴恍然大悟，從她認識楊原玲時，她就一直戴著這副厚重的眼鏡了。

也難怪她會那麼生氣，因為那等於是她的命嘛！傅新凱大概可以了解她的心情，就沒對她的態度太計較了。

※　※　※

抵達眼鏡店後，將破碎的鏡片交給店員，對方卻表示要三天後才能取貨，也就是說，楊原玲還得失明三天……呃，沒有那麼嚴重，只不過她這三天會很不方便。

楊原玲的心情差極了，這三天她要怎麼讀書寫字呀？

出了眼鏡店大門，傅新凱提議：「要不要去吃東西？」

「不要。」楊原玲馬上拒絕，她心情不好。

傅新凱沒被她打倒。「我請客。」

他這是在賠罪嗎？楊原玲一時還不知道要不要接受？身旁的劉語晴已經迫不及待了。

「原玲，去啦！我陪妳。」

「語晴？」

「我肚子餓了嘛！」

既然劉語晴這麼說了，如果她再堅持的話，就太不近人情。好吧！就去吃他一頓，算他欠她的。

「要吃什麼？」她問傅新凱。

「看妳要吃什麼都可以。」

「牛排也可以喔？」她譏誚的道。口氣這麼大？

「妳高興就好。」傅新凱倒是泰然自若。

「那……對面那間三商巧福好了。」她可沒那麼惡劣，趁機敲詐。牛排再怎麼便宜也要上百，對學生來說是個負擔，她不想太過分。

「妳不是要吃牛排嗎？」傅新凱不解的望著她，女人真善變。

「我……我只是想吃牛肉啦！」這傢伙很討厭耶！

「好，那就走吧！」

※　※　※

坐在位置之後，楊原玲和劉語晴把書包放在腳邊，沒有了眼鏡雖然很不方便，不過她還是能察覺傅新凱的眼神停留在她的臉上，她忽然全身燥熱起來……

「看什麼？」

「呃……」他迅速瞥開目光，像被人抓到做壞事般心虛。傅新凱拿起桌上的免洗筷子，一人一雙遞到女孩子面前。「沒有眼鏡的感覺怎麼樣？」

「就……濛濛的呀！」

「看不清楚嗎？」

「也還不至於，就輪廓什麼的都還看得出來，只是很模糊，真的像在霧裡看花，人如果站遠一點就看不清楚了。」看在他請客的份上，她就對他好一點吧！楊原玲刻意忽略他剛才帶給她的奇異感受。

「那看書不是很不方便？」

「你現在才知道喔？」她已經在想這幾天讀書寫字要怎麼辦了？是要戴著破掉的眼鏡，用單眼上課？還是乾脆請假在家，不要上課算了——這點是絕對不可能的。

哎！她悶悶地低頭玩著免洗筷。

「要不然這幾天上課有看不懂的地方，妳來找我，我教妳嘛！」傅新凱提議道。

「你？」楊原玲不太敢相信。

她的不信任讓他有些受傷。「再怎麼說，我是三年級，你們的課程對我來說還綽綽有餘啦！」

這倒也是。

「那……學長，」劉語晴也要求了：「我可不可以也請你教我功課？」

「可以呀！」

聽到他連劉語晴的要求都答應，楊原玲不太高興起來！什麼嘛！他不是為了補償她才要教她功課，而是只要女孩子開口他都好。這個發現令她不悅。

牛肉麵送上來了，熱呼呼的湯麵配上泛著油光的肉塊，再加上青江菜，看起來就很可口，三個人低頭吃了起來。

楊原玲習慣性的往鼻頭摸了一下，驀然想起眼鏡根本不在臉上，她有這個舉動完全是下意識的。

「忘了沒戴眼鏡？」傅新凱注意到她的舉動。

「很好笑嗎？」

「沒有啊！」

楊原玲瞄了他一眼，繼續低頭吃麵。

唔……不戴眼鏡的最大好處，就是吃熱呼呼的湯麵時，不用被熱氣薰得整個眼鏡都看不到前面，吃一次麵還得擦兩、三次鏡片，也不算完全沒有好處。

※　※　※

「媽，我回來了。」楊原玲甫踏進家門，母親一見她就發問：

「咦？原玲，妳的眼鏡呢？」

來了！一定會被念的。楊原玲深吸一口氣，做好心理準備，開口：

「被踩壞了。」

「什麼？怎麼會被踩壞？」

「我今天不小心跌倒，眼鏡掉了下來，就被人家踩壞了。」她從書包拿出只有一半功能的眼鏡出來。

「壞了？怎麼會壞？是不是妳走路不小心？要不然怎麼會跌倒？妳知不知道一副眼鏡多貴……」楊母還打算念下去，楊原玲趕緊說道：

「那個人說要賠啦！」

「賠？怎麼好意思？自己的東西弄壞了就要自己修，那有讓別人賠的道理？何況你們都還是學生。」

第一章

「剛剛我們已經去過眼鏡行，禮拜五就可以去拿了。」

「這麼快？」楊母這才想起，她剛剛還想問她今天怎麼這麼晚回來？原來是這麼一回事。

「他還請我跟語晴吃麵，我已經吃飽了。」

「這麼好的人？」

「對啦！」怕再被念，楊原玲趕緊溜回房間，脫下制服，換上輕鬆的家居服，還沒休息，門就響了。

「原玲，踩壞妳眼鏡的那個人打電話來了。」楊母在外面叫著。

啊？他怎麼打過來了？而且……他怎麼有她家裡的電話？楊原玲不禁疑惑，趕緊跑到客廳接了起來。

「喂？」

「楊原玲嗎？我是傅新凱。」

「我知道，你怎麼會打電話來？」

「我剛剛忘了跟妳說，禮拜五的時候，我跟妳一起去眼鏡行。」

這種事需要特別打電話來嗎？在學校說不就行了？不過他的態度滿負責的，從頭到尾都很誠懇，讓她對他的印象好一點，楊原玲的口氣也好多了：

「不是啦！我的意思是，你怎會有我家的電話？」

「剛剛妳在眼鏡行填寫聯絡資料時，我剛好看到了。」就順便背了起來。

「原來如此。」

「對，那我們禮拜五再見。」

「好，拜拜。」

第一章

第二章

活在一個只能聽、不能看的世界，是什麼樣子呢？

這兩天楊原玲都依賴著劉語晴，買東西、走樓梯，連上廁所也要她陪。雖然說她們平常就膩在一起了，不過心態上，她把劉語晴當她的眼睛了。

趁下課時，楊原玲戴著僅剩一片鏡片的眼鏡，拿著劉語晴的筆記抄寫，以彌補她的不足，而劉語晴則坐在她的旁邊看著她抄，似無意的提及：

「對了，原玲，學長有來找妳嗎？」

「哪個學長？」

「那個……傅新凱呀！」

「喔！他有打電話來。」楊原玲頭抬也不抬，低頭猛抄。

「他打電話給妳？」劉語晴的音調有些尖銳。「他找妳做什麼？」

「約好禮拜五去拿眼鏡呀！」呼！終於抄好了。剛剛上課她只用單隻鏡片，看得很痛苦，還好有語晴的筆記幫了她一個大忙。

「喔……你們禮拜五，就是明天了嘛！要一起出去呀？」

「什麼出去？就是去拿眼鏡而已。筆記還妳，謝謝。」她將劉語晴的筆記遞給她。

「妳要跟他一起去嗎？」

「什麼意思？」

「我是說……要不要我陪妳一起去？」

「好呀！」劉語晴是要陪她吧？楊原玲有點感動，有朋友真好。

※　※　※

隔天放學時分，班上的同學都收拾書包，陸陸續續走出教室，楊原玲也準備離開，她將桌上的筆放進書包，劉語晴已經準備好了。

「原玲。」

「嗯？」

「學長好像來了。」她提醒她。

「喔？」楊原玲抬頭看著外面，嗯，有個瘦瘦高高的男生站在那，輪廓很像傅新凱，應該就是他了。

她站了起來。「我們走吧！」

楊原玲和劉語晴走到門口，楊原玲說道：

「傅新凱，語晴要跟我們一起來。」

傅新凱看著劉語晴，把個劉語晴看得不好意思起來，頭都低了下去，傅新凱則沉聲問道：

「只是去拿眼鏡而已，有必要這麼多人嗎？」

「語晴是要陪我。」楊原玲單純的道。

「只是去拿眼鏡而已，又不是什麼大事，我們兩個去就可以了。」傅新凱的聲音有點變冷，楊原玲沒察覺，繼續說：

「欸！你怎麼這樣？語晴要跟我去不行嗎？」

「我只是覺得不必這麼大費周章。」

「語晴跟我去又不會怎麼樣……」

「原玲，你們去就好，我又沒有說一定要去。」劉語晴趕緊說道，古怪的看了傅新凱一眼，又迅速低下頭。

「又沒人規定妳不能去，妳不用管他說什麼……」

「算了，沒關係，你們自己去就好，原玲，妳拿到新眼鏡的話，要打電話跟我說一下喔！」

「好。」見她不再堅持，楊原玲也只得放棄。

「我走了，拜拜。」

「拜拜。」

劉語晴離開之後，楊原玲叉著腰，凶巴巴的對傅新凱道：「傅新凱，你很奇怪耶！為什麼不讓語晴跟呢？」

「我有說不讓她跟嗎？」他瞪著她。

「你剛剛不是說不必要這麼多人？」

「對啊！是不必要這麼多人。」

「那你不就是不讓她跟嗎？」

「如果她堅持要跟的話，當然沒關係，我的意思是，只是拿眼鏡而已，沒必要這麼浩浩蕩蕩吧？」

「你……你很奇怪耶！」楊原玲被他差點搞混。

「才不奇怪呢！我還覺得妳們女生才奇怪，為什麼做什麼事都要一起？」見她臉色要變，傅新凱趕緊道：「好了，我們可以走了吧？」

楊原玲從鼻子噴出大氣，重重的道：

「可以！」

由於沒有眼鏡的幫助，視線並不是很清楚，再加上對他剛才的行為不太滿意，楊原玲刻意走在他後面。反正小心點走路，總是好的。

察覺到她的不對勁，傅新凱放慢了腳步。

第二章

「妳怎麼了？」

「沒事。」

「妳好像走得很慢。」

「要不然呢？你還指望我可以用跑的嗎？」如果是語晴在她旁邊的話，她就可以摟著她走了。

「怕跌倒是不是？要不然我牽妳好了。」也沒徵詢她的意見，傅新凱牽起了她的手，眼睛看著前方，像隻導盲犬般領著主人前進。

驀地，楊原玲兩頰如似火燒，燒了好幾秒鐘，她才漸漸恢復過來。

她發現……她的腳好像踩在雲端，輕飄飄地，跟著他前進，而他的手……將他們的身體做了個連繫，他和她，竟然有了接觸？

「喂……」她的聲音小小的，由弱轉強：「你……你幹嘛？」

傅新凱回頭望了她一眼，由於沒戴眼鏡，她看不清楚他臉上的表情，他的臉……本來就比較紅嗎？

見她一臉迷茫，傅新凱定了定神，她應該沒看穿他的心吧？

不過還是有些緊張，傅新凱假意咳了下，道：

「怕妳跌倒啦！」

「我……我自己會走啦！」話雖如此，卻沒有從他的大掌抽出手的勇氣。

「妳要是再跌倒的話，可沒有眼鏡能讓妳跌破了。」

他在調侃她？楊原玲反擊回去：

「上次那個眼鏡，是被你踩破的吧？證據還在喔！」她可沒丟掉，在新眼鏡還沒拿到之前，她有時還是要用到的。

「好，對不起。」他再次道歉。

其實他已經負最大的責任了，不僅賠她新的鏡片，又親自帶她到眼鏡行，他表現得已經相當誠懇了。

再加上他牽著她……楊原玲有點害羞，也不好再對他生氣了。

「沒關係，壞了都已經壞了，要不然能怎麼辦？反正還有一隻眼睛可以看。」她低頭看著他的腳。

「那妳這幾天不就變成獨眼龍了？」

「對，如果再包著紗布就更像了。」

傅新凱被她的話逗得笑了出來，原來……沒有生氣的楊原玲是這麼可愛，而現在沒戴眼鏡的她，大概看不清楚他在做什麼吧？也只有這樣，他才能以眼角餘光，偷偷欣賞著她。

她的臉很白，不是蒼白的那一種，反而白得健康、自然，沒戴眼鏡的她焦點無法集中，眼神有些矇矓，反而增添她的美感。五官是屬於精巧型的，所以如果戴上黑色粗框眼鏡的話，就看不出她原來的娟秀了。

這一刻，他突然很慶幸他把她的鏡片踩壞。

呃……這樣想是有點惡劣啦！不過事實如此，如果不這樣的話，他怎麼有機會認識她呢？

有種像是關在屋子許久之後，突然打開窗戶，外面的暖風吹了進來，令人全身都舒暢了起來……

※　　　※　　　※

從眼鏡行出來之後，楊原玲如獲重生，開始讚美這個世界，每樣事物都變得那麼美好，而不再是像先前伏在她身邊的怪物，隨時絆著她。

「啊！好棒，我看到了。」她調整眼鏡角度。

「恭喜妳了。」

「謝謝。對了，那個錢……」一片鏡片就要一千多，起碼是她兩個月的零用錢，看他掏錢時，她自己也很痛苦。

「那是我本來就要賠妳的。」

他一點都不心痛嗎？楊原玲想看他臉上的表情，卻發現另一項認知，他……長得還滿好看的嘛！

先前她只能看到他的輪廓，還有點模模糊糊的，現在她戴上眼鏡，一切變得清晰起來，就像是發現青蛙竟然是王子？說不高興是假的。

「既然你賠了那麼多錢，那……我請你吃東西好了。」她有些不忍心。

第二章

「不用了啦！那有男孩子讓女孩子請的道理？」不過他很高興她有這個心。

「你很大男人主義喔！誰說女人不能請客的？」她假意慍怒，表情不悅，不過語氣卻是輕鬆的。

「我是要吃大ㄊㄨㄚ的啦！」

「你很惡劣耶！」楊原玲笑罵著。

「開玩笑的啦！不過剛剛花了錢，所以我現在只能請妳吃二十元一碗的豆花。」眼鏡行的左側就有一間學生口耳相傳的豆花店。

「我又沒有要你請。」他已經花太多錢，夠了。

「是我要請妳啊！沒關係，走吧！」

※　※　※

坐在豆花店裡，吃著甜蜜蜜的豆花，蜜汁的甜味和著順口的豆花，真是人間一大美味。而且一碗才二十元，不論是內用或是外帶，都是大排長龍。

楊原玲和傅新凱好不容易才有位子，兩個人大啖美食。心情一好，再加上味覺享受，真乃人生一大樂事。

難道他不要劉語晴來，原來……是怕沒錢請客。楊原玲自以為是的想著。不過……語晴沒來也好，因為她覺得今天甜甜的……可不是光指豆花。甜在哪裡她不清楚，不過，是無法與人分享的。

「好吃嗎？」傅新凱問道。

「嗯。」楊原玲放下湯匙。「今天……謝謝你的招待囉！」

「不客氣。」

「下次我請你吃東西好了。」被他請了兩次，她有點過意不去。

「我不是說哪有男孩子讓女孩子請的道理？」

「哎呀！是我請你，不過你要出錢。」楊原玲調皮的道。

「啊？」傅新凱頓時無語。頭上……有一隻烏鴉正叫著飛了過去。

「跟你開玩笑的啦！」

「喔！」傅新凱想到什麼，問道：「那妳這幾天沒眼鏡，妳都怎麼辦？」

第二章

「就當半個瞎子囉！」

「那功課呢？」

「還好，有語晴幫我。」

「就是今天要陪妳來的那個同學？」

「對呀！她本來今天想來的，結果你沒同意。是不是怕今天請客丟臉，所以不讓她來？」楊原玲半開玩笑的鬧他。上次是牛肉麵，這次是豆花，差太多了吧？

「沒有啊！」聽她這麼說，傅新凱有點不高興。

「那為什麼不讓她來？」

「我不是解釋過了嗎？」傅新凱口氣勉強。笨！他只想跟她一起出來，她知道嗎？

而單純的楊原玲並沒想太多，仍是說道：

「語晴是我們班的美女喔！她沒有跟你出來，很可惜喔！」

「妳長得也不差啊！」

明明吃的是冰豆花，為什麼臉蛋又開始熱起來？楊原玲很少接受讚美，在她的印象中，人家給她的評價不是眼鏡妹，就是四眼田雞，給她這樣的評價，他是頭一人。

「你明明沒近視，怎麼會說我長得不差？」她企圖掩飾心中的雀躍。

「妳又沒長得斜眼歪嘴，怎麼會不好看？」

原來如此……楊原玲有點失望，她還以為他會繼續誇她呢！照他這個標準看，很少人是不好看的吧！

而另一方的傅新凱則暗自懊惱，他會不會太快洩露情緒了？為了掩飾適才的行為，他改緊轉移話題：

「對了，星期天我們班跟隔壁班要在學校鬥牛，妳要不要來看？」

「啊？有牛？」楊原玲嚇了一大跳！學校什麼時候有養牛來鬥這項活動？

「不是啦！是打籃球啦！鬥牛只是它的術語。」

「喔……」楊原玲無言。她是運動白痴嘛！鬥牛這詞她還是生平第一次聽到。

「我、我又不懂籃球。」

「妳真的很不懂。」傅新凱有些不可思議的看著她。

第二章

楊原玲惱羞成怒。「對啦！不行喔？」

「不懂又沒關係，妳來看就好啦！」

「對了，語晴喜歡看球賽，我可以找她一起來看。」她的眼睛亮了起來。

「啊？妳？她？」

「怎麼了？」

看著她純真的眼神，傅新凱不好拒絕。而且拒絕的話，她說不定會覺得他這個人很機車，連找個人來看都不行。可是他的重點不是籃球，而是希望只有她的到來……

「隨便妳啦！」悶氣冒了出來。

※　※　※

禮拜天很快就到了，楊原玲發現她竟然還有點期盼它的到來。這跟以前遇到星期天的放鬆感是不一樣的，除了開心周末的到來，還有更多……

呀！不管了，該出門了。

拿到眼鏡的那個晚上，她打電話給劉語晴，告訴她禮拜天傅新凱找她們去看籃球，語晴似乎很興奮，她也開心。拿到新眼鏡後，好像都好極了。

「語晴！」看到站在校門口的劉語晴，她跑了過去。

「妳怎麼那麼慢才來？」劉語晴埋怨著。

「我遲到了嗎？」看看手錶，剛好九點呀！

「沒啦！」劉語晴撥了一下額前的劉海，不耐的道：「可以走了吧？」

楊原玲站在原地，看了兩秒鐘，一會兒她大叫起來：「妳塗口紅喔？」難怪她怎麼覺得劉語晴今天看起來格外亮眼。

「對啦！」被楊原玲一叫，劉語晴羞赧的承認。

「妳怎麼會想塗口紅？」

「就……好玩啊！」她沒有說出真正原因。

「可是很好看耶！」楊原玲由衷的讚美。

「真的嗎？」

「真的。」

第二章

劉語晴笑了起來，忘了剛才的不耐煩，她親熱的抓住楊原玲的手臂，催促著：

「快點，不是要看打球嗎？」

語晴真的很喜歡籃球耶！楊原玲和她肩並肩，到了校內的籃球場。場上已有男孩子在生龍活虎的跳躍、奔跑，另外一側的三年級教室裡還有人影，還有人在操場走來走去。楊原玲這才發現，原來假日學校裡還滿多人的。

而她看到劉語晴眼睛一亮，一定是看到她最喜歡的運動了吧？她也開心的朝籃球場上看。

哇！傅新凱真的打得好好，她雖然不懂籃球，但是見他輕輕鬆鬆從他人手中奪下籃球，閃過三個人的攻擊，跑到籃框底下，用力一跳！哇！好高，耶！得分了！

「太棒了！」她情不自禁的歡呼了起來。

像是聽到她的聲音，傅新凱跳了下來時，視線往她們瞄了一下，揚起一個笑容，隨後又加入隊伍。

他的笑容……楊原玲的心跳了一下，像是他剛才跳的不是運動場，而是她的心坎……好奇怪喔！怎麼會有這種感覺？

而加入隊伍裡的傅新凱，隊友圍著他問：

「新凱，剛剛那兩個女的你認識啊？」

「對啊！我們學妹啊！」

「那個穿黃色衣服的那個很漂亮耶！不過旁邊那個戴眼鏡的就差好多。」

「好俗喔！像土包子。」不成熟的高中生男孩子開始批評起來。

「你們在說什麼？」傅新凱沉下臉來，而一群粗神經的男生沒注意到他的不對勁。

「就是那個四眼田雞啊！不知道會不會呱呱的叫？」

「說不定還會跳。」

「看她的樣子，一定也跳得很慢。」說楊原玲是四眼田雞的男同學更惡劣，還蹲了下來，兩頰脹得鼓鼓的，真像隻田雞似的，惹得眾人大笑起來。

「你們好了沒有？要不要打球？」原本的好心情，被他們一鬧，全被破壞了。

「等一下啦！新凱，她們兩個你都認識是不是？那你要幫我們介紹那個漂亮的喔！」

「對、對。」

「再說啦！」他不悅起來。

「什麼叫再說？吼！難道你兩個都想留下來用？」

「陳子皓，你在胡說什麼？」傅新凱惱了，他拿起球往陳子皓，也就是剛才裝青蛙取笑楊原玲的人身上K過去！

「喂！你們到底還要不要打球？」也有人對異性沒興趣。

「要啦！」

「好了、好了，打球了。」

一群發春的男孩終於將注意力放回到籃球上，而已被他們搗亂心情的傅新凱，卻是怎麼也開心不起來。

第三章

聽著劉語晴對籃球滔滔不絕的評論，楊原玲怎麼也無法集中精神。她對球類真的沒興趣，除了羽毛球還算可以外，其他的她都相當遲頓。

不過她也沒阻止劉語晴講下去，都帶她來看球了，還不准她發表意見就說不過去了。

一個失神之際，一個又高又遠的籃球像是抗議她的漠視，朝她直直飛了過來——

「哇……」

等她發覺之際，球已經K到她的頭了。一個站立不穩，她跌倒在地。

「怎麼了？還好吧？」原本在打球的傅新凱衝了過來，在他後面的一群男生也跟了過來。

「痛……啊？傅新凱？」她抬起頭來。

第三章

「妳沒事吧？」傅新凱伸出手。

「沒事，謝謝。」楊原玲握住他的手，站了起來。他的手，讓她想到上次去拿眼鏡時，他牽住她的手，又熱又暖……糟糕！她又失神了，還握他的手握那麼久，楊原玲趕緊抽回來。

「球那麼大顆，學妹，妳怎麼會沒看到？」一群臭男生又嘲笑似的說了起來。

「虧妳還戴眼鏡，四隻眼睛還比不上兩隻眼睛的。」

一群人全笑了起來，害得楊原玲漲紅了臉，難堪的低下了頭。她取下眼鏡查看，由於才剛換新的鏡片，她可寶貝的很，不敢再有任何傷害。

呼！還好還好，眼鏡沒事。

重新將眼鏡戴上，她抬起頭來，面對著這麼多不認識的男生，她不好意思，吶吶的道：

「你們……怎麼都來了？」

「看妳有沒有事啊！」傅新凱說道。

怎麼他的聲音好溫柔？而且他的關心暴露在這麼多人面前，感覺很彆扭。

「沒、沒事。」

「學妹，妳怎麼反應那麼慢？球到面前了，還不會閃開，妳烏龜啊？」叫陳子皓的男生將球頂在右手食指上轉動，有些炫耀的道。

「還是隻戴眼鏡的烏龜。」有人起鬨附和。

「眼睛這麼多，功課有沒有好一點？」

都是在取笑她的話，楊原玲不是沒有感覺，她又羞又惱，想生氣，又礙於他們是傅新凱的朋友，忍了下來。這些流著汗臭、語氣又輕蔑的男生所說的話，卻沒有劉語晴的一句話更尖銳——

「她呀！上次數學小考還不及格呢！這跟戴不戴眼鏡沒有關係。」

剎時，現場揚起一片笑聲，楊原玲有種一絲不掛，被人指指點點的難堪。而這種負面的注意力並沒有持續太久，重心都轉到長相甜美的劉語晴身上。

「學妹，妳叫什麼名字？」

第三章

「妳來看鬥牛呀！」

「妳哪一班的？」

「妳……」

楊原玲走到一旁，掏出面紙，擦拭並沒有什麼髒污的鏡片，只是劉語晴的那句話，讓她很不好受。

她的數學本來就不好，可是她用不著在這群不認識的人面前大肆宣揚吧？

雖然她可能只是要融入他們，故意講些輕鬆的話，可是也沒必要扯到她身上吧？

「怎麼了？」傅新凱在她身邊問道。

「沒事。」她悶悶的。

「眼鏡還好吧？」

「沒事，這次不會要你賠。」

傅新凱望著她。「對不起，我不知道會打到妳。」雖然不是他丟的，可是他覺得他也有責任。

「不關你的事。」

「那妳……」

「沒事啦！你們不是在打球，打完了嗎？」楊原玲掩飾心中的不快，或許劉語晴沒想那麼多，只是心直口快罷了！她不該太計較的，她們是好朋友啊！

「我看他們大概也不想打了。」望著那群像沾到蜂蜜的蒼蠅，一群男生圍著劉語晴，傅新凱心情惡劣，由其帶頭的陳子皓剛才才批評過楊原玲，他不是很舒服。

楊原玲知道他的意思，常跟在劉語晴身邊的她，被冷落早已習慣了，只是沒想到，傅新凱竟然在她身邊陪她，這倒令她有些訝異。

不過……他好像一開始，就對劉語晴沒什麼太大的興趣。

這項發現，令她有些高興。

「那你現在要做什麼？」

「妳數學不好喔？」突如其來，傅新凱問起這個問題，楊原玲一時尷尬，沒好氣的道：

「對啦！剛不是聽到了嗎？」

「我只是想問妳，要不要我幫妳補數學？」傅新凱看著前方，面無表情，剛好掩飾內心的雀躍，這真是天上掉下來的大好機會。

「啊？你要幫我補數學？為什麼？」楊原玲瞪大了眼睛。

「看妳要不要啦？我只是想說妳也許需要幫忙？」

「好呀！」楊原玲連忙答應。「不過……你為什麼那麼好心？」

「就只是想幫忙而已，怎麼問那麼多？妳如果不要的話，就算了！」傅新凱轉過頭去，眼神有一閃而逝的狼狽，他以為，被拒絕了。

「要要要，當然要！」就算不明白他為什麼那麼好心幫她補數學，但是能跟他在一起，讓她感覺很快樂……

嗯？這個男孩，為什麼讓她覺得快樂？

「那就這麼說定了。我幫妳補數學。」傅新凱揚起笑容，有著得逞的勝利快感。

「好。」

去他的臭男生，感謝劉語晴，要不是她的多嘴，傅新凱也不會幫她補數學。她向來對籃球沒興趣，不過今天來對了！

而同樣的喜樂，也出現在一旁的男孩身上。

※　　※　　※

「所以X和Y解出來的數字，就帶到Z裡面來，這時候再把Z算出來，就可以回到上面它要求的……」傅新凱滔滔不絕說著數字與字母間的關係，而這時的楊原玲已聽得頭昏腦脹，趴在桌上開始求饒：

「好了，不要再說了。」

「妳不是不懂這題嗎？」傅新凱說得正起勁。數學是他的專長，突然要他停下來，真是煞風景。

「對，可是……」

「那就再來。」傅新凱挽起袖子，正欲作答時，楊原玲制止了他。

「好了，暫停一下！」救命呀！

第三章

「為什麼？有哪裡聽不懂嗎？」

「全都不懂……」她有氣無力。

「什麼？我講了那麼久，妳全都不懂，怎麼可以？那我們再來。」傅新凱承諾過，一定要教到她會，所以此刻他動動筋骨，準備再來。

「不，你聽錯了，我是說……全部都懂。」楊原玲慌了，她最討厭數學了。

「全部都懂？喔？那好，妳說給我聽。」傅新凱將筆放下，上半身向前傾，一雙沒有近視的大眼，清澈的目光盯著她瞧，盯得她心慌意亂，楊原玲只好投降。

「今天就先這樣，好不好？」

「不行，一開始的時候，我就答應過，要負責把妳教會。」他言出必行。

「我知道，可是……我頭好痛。」楊原玲誇張的捧住頭顱。她要是對這題有概念的話，上次小考就不會不及格了。

「妳這樣就認輸，不行喔！」傅新凱撐著下巴，注視著她。

「要不然要怎樣？換一顆頭給我呀？」楊原玲不服氣的道。

「可以呀！我的頭換給妳。」傅新凱一本正經，楊原玲笑了起來。

「少來了，這又不可能。」

「不可能就來算這題，要不然妳永遠都不會。」傅新凱將她的頭往下壓，強迫她正視那些數字。

嗚嗚嗚，明明是放學時間，大家都回去了，她為什麼得在教室裡跟這可惡的符號奮鬥呢？贏了又沒錢。

本來是想找傅新凱來救她的，結果反而把她自己推入了苦海當中。

救命呀！誰來救救她？她已經滅頂了……

※　※　※

「楊原玲，明天放學後，我們再繼續討論剛才的第五題。」才回到家沒多久，傅新凱的電話就打了過來，惹得她哇哇大叫：

「傅新凱，你還沒放棄啊？」

「當然了，不把妳教會，就有負我數學小老師的美名了。」原來這個傅新凱在班上不僅成績頂呱呱，數學更是一極棒，找他來幫她補數學，真是自討苦吃。

因為……他只會一步步將她推入無解的深淵。

「幫我補習你又沒有錢賺。」

「我又不是為了賺錢。」

吼！被他打敗。

「可是你不覺得我已經無藥可救了嗎？」從小到大，她的數學一直是弱項，她想得很清楚，在求學的路上，她只求有六十分就萬幸了。

「我見過比妳更糟的，妳還不算太差。」這算是安慰嗎？「好了，就這麼說定了，明天放學後，我去再妳，妳在教室乖乖等我，拜拜。」

「喂？傅新凱！喂？……」

還喂什麼喂？人家都掛電話了。楊原玲看著手中的話筒愣了一下，才把它掛斷，嘴裡咕噥著：「真是霸道。」

在一旁的楊母，一雙眼睛始終沒離開報紙，耳朵卻清楚的很。

「是誰打來的電話啊?」吾家有女初長成，做母親的總是會關心的。

「一個學長啦!」楊原玲坐在母親身邊，拿起桌上的洋芋片來吃。

「怎麼聽妳講得那麼激動?」楊母慢條斯理的問。

「就他一直要幫我補數學，所以我今天才那麼晚回來。」

「有人幫忙補數學，不是很好嗎?」

「是不錯，可是……」算她資質駑鈍好不好?「我就是不喜歡嘛!」真不曉得她當初是那根筋接錯了，竟然讓傅新凱幫她補數學?

「那就不要補了。」

「不行啦!有人幫忙免費補習，總比去外面繳錢找補習班好。」她忽然辯解起來。

「那妳到底是怎麼樣?要人家幫妳補數學，還是不要幫?」楊母終於把頭抬起來，拿下老花眼鏡看著她，洋芋片正吃到一半的楊原玲這時說是也不是，說不是也不是。

「要吃飯了，把洋芋片放下。」楊母結束這個話題，去開門迎接剛到家的楊父。

※　※　※

第三章

放學鐘聲響，原本是學生們最高興的時刻，然而楊原玲卻愁眉苦臉，因為從現在開始，到回家這一段時刻，是最難熬的，誰叫她自作孽，除了在課堂上，還把自己推入萬劫不復之深淵……

「原玲，放學了。」劉語晴收好書包等她。

「不用了，妳走吧！」楊原玲有氣無力的道。

「妳這兩天放學不直接回家，都說有事，到底是什麼事啊？」劉語晴本來不在意的，但楊原玲精神好像不太好，她好奇的追問。

「我……我在補數學啦！」想想讓劉語晴知道也沒什麼，楊原玲坦白。

「補數學？妳跟誰補數學？」劉語晴一雙眼睛睜得大大的。

「就傅新凱呀！」

「傅新凱？」劉語晴的語調高了半度，似乎嚇了一大跳。「妳怎麼沒跟我講？」

「妳……妳沒問嘛！」

這……也是啦！之前楊原玲只說放學後有事，她也沒去細問，因為並不在意。可是劉語晴沒想到楊原玲留下來的原因，竟然是跟傅新凱補數學，這讓她不高興起來。

「我沒問，妳也可以跟我講啊！我們不是好朋友嗎？」她的表情已經不悅。

「我想說這又沒有什麼，才沒跟妳講。」楊原玲解釋著，她以為劉語晴在不高興她有事瞞她。

「妳故意的對不對？」劉語晴的音量大了起來。

「什麼故意的？我沒有啊！語晴，妳怎麼了？妳不要生氣嘛！」楊原玲很怕她不開心。

「楊原玲，妳很過分欸！」劉語晴人美雖美，但一旦生氣起來，驕縱的脾氣就出現了。

楊原玲嚇了一大跳，她做了什麼？

「妳在說什麼？語晴，妳到底怎麼了嘛？」

「我……」劉語晴忍著脾氣，還不至於爆發，但她的情緒、她的身體，都告知了她在生氣，楊原玲被罵得莫名其妙，劉語晴話又不說清楚，她相當著急。

第三章

「妳怎麼了？」

「妳簡直……」

「楊原玲，我來了！」一記爽朗的聲音響起，是傅新凱。傅新凱以為他們教室已經沒人，才從門口大聲喊道，沒想到還有人。「咦？妳也在啊？」他看著站在一旁的劉語晴，頗為詫異。不是應該只有他跟楊原玲兩個人而已嗎？

「傅新凱？」一看到傅新凱，劉語晴突然嬌羞起來，態度轉變之大，讓剛才籠罩在她冰雪裡的楊原玲相當錯愕。

「語晴，妳怎麼了？」楊原玲追問。跟數學比起來，朋友比較重要啦！

「我？我哪有怎麼了？沒事！」劉語晴不悅的瞪了楊原玲一眼，而面對傅新凱時，則是一臉和顏悅色。「來幫原玲補數學啊？」

「對啊！」

「可以……也順便教我嗎？」

「語晴，妳不是每次都考八、九十分？」楊原玲相當訝異。劉語晴的成績雖非頂尖，但也在中上水準，數學對她來說並非難事，哪需要人教？

劉語晴臉上一陣紅一陣白，片刻說道：

「我……我只是開玩笑的，你們忙的話，我先走了，再見。」她加速了步伐離去。

「語晴……」楊原玲擔憂的望著她的離去，今天的劉語晴好奇怪。

「怎麼了？」傅新凱看不懂現在在演哪齣？

「語晴她怪怪的。」

「哪裡怪？」

「跟平常不一樣啊！」看著傅新凱，她揮了揮手。「算了！跟你說也沒用，你平常又不跟她在一起。」

「嗯。」傅新凱挑了張椅子坐下來，反正他對劉語晴也沒興趣。「我們開始吧！把上次那題拿出來。」

「還……還要講那題啊？」楊原玲覺得她的臉部肌肉開始抽蓄。

「不把妳教會的話，我是不會放棄的。」他的眼眸閃著堅定的光芒。

「你……你很堅持耶！」楊原玲無力的道，看來今天又有一場硬仗要打。

「當然，把考卷拿出來。我們開始。」

楊原玲苦著一張臉，把考卷拿出來，坐回椅子上，傅新凱則移動椅子，坐到她的身邊，開始為她解答。

而認真的兩個人，落入他人的眼底，卻變了調。

劉語晴捉緊書包，終於放棄，從教室門口離開。

※　　※　　※

「傅新凱，我看到了喔！」下課的時候，陳子皓笑得很詭異，看了就令人討厭，不過沒辦法，誰叫他們是同一班？不想看到都不行。

「你在說什麼？」傅新凱沒好氣的道。

「我說……我都看到了喔！」

「看到什麼？」搞什麼鬼呀？

「昨天呀！我經過二年級那棟大樓的時候，看到你跟那個四眼田雞在一起，你們在幹什麼呀？」陳子皓口氣曖昧，表情做作，讓人有一拳想要揍他的臉的衝動。

「你不是看到了，還問我們在幹什麼？」傅新凱不以為意。

「喂！你很不配合耶！」他怎麼一點都不尷尬呀？真是不好玩，陳子皓大聲抗議。

「要配合什麼？」傅新凱才不理他。

「就是上次禮拜天，我們不是約在學校打球的那一次嗎？你不是跟那個戴眼鏡的女生在一起講話嗎？我看到你昨天跟她在一起，兩個人還單獨在同一間教室，嘿嘿嘿……」陳子皓故意笑得邪惡。

「那又怎麼樣？」

「說，你們孤男寡女的，在教室裡面做什麼？」陳子皓說著還用手叉頂了頂他，一副哥倆好的樣子。

「我在教她數學。」就說這是個好理由。

「你怎麼教她，沒有教另外一個美眉？我一直很想認識她呢！」

「我跟她又不熟。」

「什麼？真可惜，本來還以為有機會，可以好好認識她呢！」陳子皓像洩了氣的皮球，整個身體掛在陽臺上，不過他很快又振作精神。「不過，那個四眼田雞跟那個美眉應該是好朋友吧？要不然上次不會一起來看球，你教那個田雞數學……喔！我知道了，你想透過她，去把那個美眉對不對？」陳子皓自以為是的推論。

「你別亂說話！」傅新凱動了怒。

陳子皓還搞不懂狀況，逕自說著：

「透過對方的好友，然後知道女生心裡在想什麼、喜歡什麼，這樣比較好把她，傅新凱，真有你的！」

「陳子皓！」傅新凱大聲起來。

「別害羞嘛！這又不是什麼見不得人的事。」

對，這並不是什麼見不得人的事，只是重頭到尾，錯得離譜！甚至……楊原玲被擺在那裡都不知道？這讓他感覺很不舒服，然而陳子皓並不覺得有什麼不對，反而繼續說個不停，傅新凱不禁為楊原玲辯解起來：

「你說的那個四眼田雞，她叫楊原玲。」

「原來不是田雞，是羊啊！」

傅新凱當然聽得懂他的笑話，真正動了怒！「陳、子、皓！」

「你應該不會對那隻羊有興趣吧？不可能吧！那副俗到斃的眼鏡，又土裡土氣，她如果不去整形的話，大概沒有人會看上她，哈哈哈……」陳子皓調侃的笑了起來，反正楊原玲又沒有在這裡。

而傅新凱拳頭緊握，要不是尚有理智存在，他真想一拳把他那討厭的笑容打碎！

「噹噹……」

上課的鐘聲響起，陳子皓走進教室，還不忘回頭招呼：「喂！傅新凱，上課了。」說完，便轉過身去。

傅新凱忍耐著，做了個深呼吸。

總有一天，他會讓陳子皓知道，誰才是那個應該戴眼鏡的人。

第三章

第四章

難得美好的禮拜天，她竟然又捲入了恐怖的惡夢。楊原玲嘆了口氣，這半個月以來，她沒有一天晚上作夢，是沒夢到函數的。尤其那大大的X、Y、Z，總是在她的夢裡跳個不停，嚇得她落荒而逃，而更離譜的是，在她的數字王國裡，還有一個高大的巨人存在，那個人竟然是——

傅新凱？

他的身形以不像話的比例膨脹，大得令人覺得誇張，而那張好看的臉，如同電影鏡頭特寫般，占據她整個瞳孔……

惡夢在夢裡糾纏著就算了，竟然還扼殺她美好的星期天，楊原玲不由得嘆了口氣。

她怎麼會夢到傅新凱呢？難不成這陣子每天跟他在一起，連夢裡都有他了，啊！一定是補習補過頭，才會日有所思，夜有所夢。

第四章

當學生真是悲慘喔！

站在肯德雞門前，傅新凱該來了吧？已經十點了。

都怪她昨天答應他禮拜天還出來補習，她不知道中了什麼咒，竟然無法拒絕？「十三號星期五」系列電影中的主角始終擺脫不了夢魘的心情，她大概可知一、二。

多麼耀眼的陽光，多麼美麗的天氣，竟然要葬送在可惡的函數裡……

「原玲，妳來啦！」傅新凱有些訝異，他以為女孩子多少會遲些的。

「對啊！我喜歡準時。」就算痛苦，也要赴約。

「進去吧！」

來肯德雞討論數學？好像有點不搭軋。在吵鬧的環境裡，又有誘惑的美食，能有什麼進步？還好今天他們都穿便服，不會被人家指指點點是哪個學校的？都放假還來這裡討論功課，有點假正經。

楊原玲正在暗忖時，傅新凱拍了她一下。「妳要吃什麼？」

「就……四號餐吧！」

「好。」傅新凱上前點了兩份四號餐，端著食物上樓找位子，楊原玲跟著上去。

找了個角落的位子坐了下來，傅新凱把餐點推到她面前。「吃吧！」

好……好香的味道呀！雖然才剛吃完早餐，但炸雞的香氣誘發了饞蟲作祟，楊原玲決定不顧來的目的，開始吃了起來。

「嗯……好好吃。」雞皮的酥脆加上多汁的肉塊，香氣布滿鼻間，再喝一口可樂，真是人生一大享受。

「還有薯條。」傅新凱將其中一份薯條推到她面前。

「好，謝謝。」管它高脂肪、高熱量，先吃了再說。

「妳喜歡看什麼電影？」

「嗯……只要有劇情的，不要太枯燥都喜歡。」她以為他在閒聊。

「像藝術片那種的？」

「對，有得獎，可是讓人看不懂，不看也罷。」

「那『防火牆』、『斷背山』跟『當真愛碰上八卦』呢？」

「好像『防火牆』比較精彩，我有看過簡介。」他講的片名好熟悉，好像是對面電影院目前正在上映的電影。

「『當真愛碰上八卦』呢？」

「反正到最後女主角不是選了這一個，就是那一個，沒什麼興趣。」楊原玲聳了聳肩。

「那個不是愛情片嗎？」

「對啊！怎麼了？」楊原玲有些不解的看著他。

「沒事。」他以為女生都會選這片。「所以『防火牆』比較好囉？」

「對啊！」

「那等一下去看這部好了。」傅新凱突然冒出這一句。

「什麼？」

「沒什麼，吃快一點。」

剛剛她聽錯了嗎？去看電影？嗯……她肯定是聽錯了，他找她出來是來補習的，又不是約會。

埋頭吃掉炸雞、薯條，楊原玲擦拭手指，正準備上場領死，突然傅新凱道：

「還有五分鐘，我們走吧！」

「啊？什麼？」

「剛不是說要看電影嗎？走吧！」說完他便拉著她跑，連桌上的殘渣也來不及清，便棄在那裡。

「傅新凱，你幹什麼？」一個畫面閃進她的腦子，上次……他也牽過她的手……

「現在去買票還來得及，不要再拖拖拉拉了。」傅新凱有點兇的道，跟平常幫她補習一樣，不容拒絕。

楊原玲還不是很了解狀況，已經讓他牽著手過馬路了，不知是不是趕時間，一路上，他都一直牽著她的手，沒有放開……

突來的舉動，讓她不知道該怎麼反應，只能順著他。

「兩張學生票。」傅新凱衝到售票口，對著裡面的人員說道。

趁他還沒有掏錢的時候，楊原玲趕緊問道：

「傅新凱，你不是要教我數學嗎？」

「先看電影啦！」票遞了出來，傅新凱也把錢付了。

「可是……」

「快來不及了，走吧！」B廳在二樓，已經十點四十分了，電影已經開始了，幸好早場人不算多，他們很快進到黑壓壓的電影院裡。

這下子，她更得抓緊他不可了。

電影院裡本來就暗，再加上她又近視，雖然有戴眼鏡，但每個步伐都相當謹慎。在找到位置之前，她只得依靠他敏銳的眼睛。

「找到了，在這裡。」傅新凱轉頭悄聲對她道。

「好。」

放心讓他牽著，楊原玲來到了位置上，坐了下來，坐在她旁邊的，是傅新凱

……廢話！

她有種被設計的感覺，卻也很奇妙。

以前她看電影的時候，身旁不是家人，就是同性朋友，而現在竟然是傅新凱？這讓她有種不切實際、浮在雲端的感覺，可是……卻異常興奮！這是怎麼回事？

明明四周環繞的音響震人耳膜，她為什麼還能聽到自己的心跳呢？

而且……她看錯了嗎？要不然，她怎麼覺得，他的視線餘角在看著她呢？似乎發現她發現他了，才轉頭過去。

氣氛相當奇特，她不敢開口，怕一開口，這如同哈利波特變出來的迷障就會消失……

※　※　※

電影、電影、電影……喔！她怎麼一整天，都在想昨天的事？

昨天他們不僅看了電影，之後又去吃東西，吃完東西之後又逛街，然後他送她去搭車才分開。這中間，兩個人都很有默契，沒有提到補習的事，好像誰只要一提起現實，就太不識相了。

第四章

可是她還是搞不清楚，無緣無故的他怎麼會拉她去看電影？

楊原玲趴在桌上，狀似休息，腦筋卻不得閒。

「原玲，欸，原玲！」有人動了一下她的桌子，她抬起頭來。

「語晴，什麼事？」

劉語晴張開了嘴巴，又閉上，欲言又止的模樣惹得楊原玲十分好奇，再加上前幾天她不知道在生什麼氣，都沒有跟她開口，今天她主動找她，楊原玲趕緊回應。

終於，劉語晴開口了：

「原玲，妳跟學長……我是說傅新凱還有聯絡嗎？」

「有啊！怎麼了？」

「妳……」像是下了重大決心，劉語晴看看教室周圍，把楊原玲拉了起來。「妳跟我出來一下。」

楊原玲跟著她走了出去，走到教室外面，找了個角落，劉語晴看看四周，確定不會有人過來打擾，才從口袋掏出一封粉紅色，上面還有一朵玫瑰的信封，拿到她面前。

「妳幫我拿給傅新凱好不好？」

「什麼？」

頓時，昨日輕柔的情境突然消失，楊原玲像剛洗了一場舒適的熱水澡，突然走到浴室外面，雖然不至於像北極般冷得刺骨，卻也讓她狠狠醒了過來。

情書？

劉語晴低下頭來，害羞的道：

「妳一定要拿給他喔！」

「語晴，妳、妳喜歡傅新凱？」她相當吃驚。

「嗯。」劉語晴漲紅了臉，點了點頭。

「怎麼會……」劉語晴是公認的大美女，抽屜裡常有情書，她都置之不理，沒想到……

劉語晴低頭玩著手指，扭捏的道：

第四章

「就……他第一次來我們班的時候，我看到他，我就喜歡他了。後來妳又約我去看他打籃球，我就覺得他簡直就是我心目中的白馬王子……哎呀！妳不要問那麼多啦！幫我送信就是了。」她嬌嗔地跺了一下。

「我、我只是沒有想到，妳喜歡傅新凱……」簡直是個衝擊！

「我也沒想到……」劉語晴突然想到什麼，她警覺的看著她。「原玲，妳不會也喜歡學長吧？」

「怎麼可能？我怎麼可能喜歡他？妳既然喜歡他，我怎麼又會喜歡他？」楊原玲慌亂的解釋，連她自己都覺得這解釋很爛。

「可是我看你們常在一起。」

「我們在一起，只是在補數學而已。」

見她似乎仍是不信，臉色繃緊，楊原玲思索片刻，硬是擠出：

「我對他一點意思都沒有，他不是我喜歡的那一型啦！」

至此，劉語晴突然鬆了臉，展開笑靨。「那，妳要幫我送給他喔！我們是好朋友。」

「對、對呀！」

「那太好了，謝謝，原玲，我就知道妳最好了。」劉語晴伸手拉住她，跟她又親熱了起來，彷彿她們一直是如此。

「不客氣。」

只是……挽在她手臂上的那隻手，怎麼這麼沉重？楊原玲發現吸入肺裡的氧氣似乎凝滯住，有點喘不過氣，而那句「好朋友」，也格外刺耳起來……

※　※　※

劉語晴……傅新凱……劉語晴和傅新凱？語晴和新凱？

這件事像把槌子，不停地把他們兩個人的名字，打入她的腦子，她不想去注意都不行。語晴和傅新凱，學長耶！雖然她從來沒稱呼他學長過，但是……語晴竟然喜歡她？

躺在床上，一向好睡的楊原玲，今天竟然失眠了？

第四章

時鐘的秒針嘀、嘀、答、答的響著，她的眼鏡放在床頭櫃上，床頭開著一盞小燈，她的眼睛卻睜得大大的。應該睡了，卻睡不著，她也沒有起床，就躺在床上發呆。

語晴……是個十分受寵的女孩子，連她都覺得她美，更何況是其他男生呢？有時候在她旁邊，她都有些自卑，可是語晴卻喜歡跟她在一起，她是她的好朋友呀！

她那麼美，傅新凱一定也很喜歡她吧？

想到這裡，她難過起來。

奇怪了，有什麼好難過的？語晴喜歡他，傅新凱應該也會喜歡她吧？他們倆個，感覺很配。

只是這樣子想著，心就越來越痛苦。

痛苦？會不會太誇張了？可是心頭那種沉悶、喘不過氣，像有人放了塊石頭壓在她的胸口，卻是無庸置疑。

她在難過什麼？傅新凱又不是她的誰，她沒有權利決定他喜歡誰？可是語晴是她的好朋友，她託她送情書，她就一定要送達，要不然，就不算是好朋友。

既然如此，她還在痛苦什麼？

即使一而再、再而三，理性的告訴自己，這些都不管她的事，然而那前所未有的沉重，卻排山倒海向她而來……

※　※　※

頂著兩個黑眼圈，楊原玲像隻熊貓坐在位子上，遇到惡劣的男同學取笑也無所謂，她的心情悶透了。

鈴聲響起，老師還在講臺上整理講義，底下的學生早就一哄而散，奔向校門回家，放學最大。

劉語晴站了起來，向她打招呼。「原玲，我走囉！」

「拜拜。」

「那……」她一雙眼睛盯著她看。「妳要記得唷？」

「什麼？」

「就是那件事啦！」劉語晴一跺腳，害羞的看了四周一下，還好，沒有人發現她們的祕密。

這種表情一出現，楊原玲才恍然大悟。「我知道了。」

「太好了。」她揚起一個大大的笑容。「拜拜！」劉語晴踩著愉快的步伐走了。

要她當紅娘啊？楊原嘆了口氣。「西廂記」她讀過，裡面的紅娘是促成張生和崔鶯鶯的好幫手，可是……她不喜歡這個角色。

在教室裡等著傅新凱，楊原玲有些無精打采。

「我來了，咦？原玲，妳今天……很沒精神。」傅新凱一下子就看出她的不對勁。

「嗯……今天不要補習了好不好？」她趁機要求。

「怎麼了？發生什麼事了嗎？」傅新凱坐到她眼前，認真的看著她。

「沒什麼。」她下意識的避開他眼神。

「心情不好？」

「沒有啊！」

「不可能，妳平常不是這樣的。」

「我平常怎麼樣，你又知道了？」楊原玲沒好氣的道。

「我就是知道啊！妳肯定心裡有事，對不對？」傅新凱信誓旦旦的道，彷彿他比她更了解自己。

看著傅新凱，她將他在心底打了個評量，這陣子跟他相處下來，也聊了不少天，她知道他功課不錯，體育也很強，而且常跑他班級，據他班上的同學指出，有不少女生都想跟他當朋友，他不是應該很忙？卻每天放學後，都跟她窩在教室裡？

見她半晌不講話，傅新凱催促著：

「喂！楊原玲，妳還在嗎？不在的話就通知一聲。」

「噗哧！」楊原玲忍不住笑了出來。「神經病！」

「妳才有毛病！要不要看醫生？」

「看你的頭啦！我又沒事。」

「沒事了吼？好，那今天上過的數學課本拿出來，妳還有哪裡不懂？」他可沒忘了他的任務。

「不是說不上嗎？」她想順便偷懶。

「我哪有說不上？」

「禮拜天的時候，你不是本來也要教我數學，結果還不是跑去看電影……」她心直口快，將那天的事情提出來，只見傅新凱有一絲狼狽，目光閃了去。

「咳！咳……那天是那天，我們不是說好每天放學後都要留下來補習嗎？」禮拜天……如果不以數學為理由的話，他不知道要怎麼約她去看電影？直接開口的話，感覺很突兀，怕約會的意圖太明顯。

「還是要上啊？」她有些無奈。

「廢話，課本拿出來。」傅新凱擺正臉色。

「好吧！」

跟他講話之後，楊原玲的心情好多了，這就是為什麼即使面對她最討厭的科目，她還是喜歡跟他在一起的緣故。他講話很幽默，跟他在一起，讓人覺得很放鬆。而且他不像她認識的其他男生，有時候會拿她的眼鏡取笑她。

跟他們比起來，簡直是汙辱了傅新凱。

低下頭從書包要拿出課本，意外的卻碰到了一封觸感柔軟的紙質，是語晴託她要交給……

好不容易才振作些許的心情，又低落了下來。

「快點呀！」見她慢條斯理的，傅新凱催促著。

「好。」

楊原玲刻意忽略那難受的心情，故意不去想受人所託，將課本拿了出來，專心上課。

※　　※　　※

接連好幾天，楊原玲都很怕跟劉語晴講到話，但沒有辦法，她們兩個坐在隔壁，又是好朋友，沒有辦法不講話。所以楊原玲感到很心虛，對自己的行為感到罪惡。劉語晴交待她的，她都沒有做到。所以就算必須要講話的時候，她盡量談一些言不及義的事。

第四章

然而，劉語晴並沒這麼就放過她，中午時分，如往常般她們又一起在位置上吃飯，在用餐之際，劉語晴直接切入正題：

「原玲，妳到底給他了沒？」

「什麼？」這次可不是不解，而是裝傻。

「就是……那封信啊！妳到底給傅新凱了沒？」確定四周沒什麼人，即使有也離得很遠，劉語晴才敢壓低聲音問道。

「嗯……」她埋頭吃午餐。

「原玲！」劉語晴伸手推了推她，一臉殷切。

「還……還沒……」她含含糊糊、小小聲的道。

「為什麼？」劉語晴滿臉不高興。

「我……我不知道要怎麼拿給他？」這有一半是事實。

「直接拿給他就好了啊！」有那麼困難嗎？

「我……我不會。」

劉語晴放下筷子，坐直身體，臉上盡是不悅，音量不自覺大了起來：

「妳不想幫我的忙，對不對？」

「不是啦！語晴，我只是……只是不知道要怎麼拿給他而已嘛！」

「你們不是每天都會見面嗎？」放學後的碰面，更叫她妒忌。

「可是……」

「我知道了，反正妳不想幫我這個忙，那就算了，我也不要妳幫了。」劉語晴翻臉跟翻書一樣快，拿起午餐站了起來就要離開，楊原玲慌亂極了，連忙跟著她站了起來。

「語晴，不是這樣啦！我今天放學後，一定交給他。今天，今天好不好？」她一再強調。

「那妳為什麼不早點拿給他？」她的理由劉語晴不能接受。

「因為……如果我拿給他的話，他如果……問我一堆問題的話，我會不知道怎麼回答？這畢竟是妳跟他之間的事，萬一我講錯話的話，怎麼辦？」她努力擠了一個理由，也不知劉語晴信不信，沒想到竟然還有點效果？只見劉語晴臉色稍霽。

「真的嗎？」

「對啊！我幹嘛騙妳？」

「我還以為妳不想幫我送信呢！」

「怎麼可能？我們是好朋友啊！」就算勉強，也是好朋友。

「嗯。」劉語晴用力點了點頭，這時笑逐顏開，重新親熱地拉起她的手。「我們吃飯吧！」

※　※　※

話是這麼說，但真的要實行起來，卻沒那麼簡單。

楊原玲跟著傅新凱一起走出校門，天色已經很晚了。打從他們放學留下來補習後，他們就天天一起等車，通常是他等她上了公車後，才會搭下一班車回家。

只是到時候，就不能像這樣快快樂樂的一起回家了吧？楊原玲嘆了口氣，踢掉擋在她面前的小石子。

明天以後，他就會跟劉語晴一起回家，不、不，搞不好他們還會一起上學、放學，放假的時候，也會膩在一起，到時就沒有屬於她和他的空間了。

所以……能撐一秒，就撐一秒吧！要不然以後這熟悉的人，就會變得陌生了。

「楊原玲。」傅新凱站住。

「幹嘛？」

「妳走路很不專心喔！」

「哪有？」

「那妳要去哪裡？校門口往這邊走耶！」傅新凱指了指另一個的方向，對喔！她差點走過頭了。

「啊！對、對。」她趕緊回到正確的路上。

「妳在想什麼？剛剛也沒看妳有多認真在聽，今天教的數學懂了沒有？」

「懂了啦！」託他的福，她的數學已逐漸起色，也有了概念，下次的成績應該會好看一點了。

只是以後就要靠自己了……

「待會要不要去吃東西？」

「不用了，今天比較晚，回家就要吃飯了。再吃東西的話，我晚餐就吃不下了。」都是他，害她最近胖了兩公斤。

「喔！那就算了。」他安靜下來，投給她一個難解的眼神。

好像……有點怪怪的，通常她跟他在一起時，很自然、毫不拘束，兩個人能夠毫無顧忌講自己要講的話，而不用考慮太多，剛才他那個眼神，她感覺他好像另外一個人，她所不熟悉的人……

他轉過頭，開口了……

「原玲，妳覺得……我們每天這樣放學，怎麼樣？」傅新凱鼓起勇氣問道。

「很好啊！」

「是嗎？」心中一喜。

「對啊！你教我數學，我們又一起回家，有時候又一起吃東西，當然很好啊！」跟他在一起，有很多好處。

傅新凱的心情一下子跌了下來。「不是啦！我是說……妳喜歡我每天跟妳在一起嗎？」他吞吞吐吐的問。

「還可以啦！不討厭。」她不是很了解他的問題。

「只是這樣？」他的表情有些失望。

「你今天很奇怪耶！講的話我都聽不懂，你到底想說什麼？」楊原玲拍了他一下，乾脆直接發問。

「哎喲！我的意思是……意思是……妳覺得我們每天這個樣子，像不像什麼？」他滿懷期望的問道。

「朋友啊！」她單純的雙眼從鏡片後面向前看，傅新凱被她打敗。

「不是這個意思啦！」

「那是什麼啦？」楊原玲有點不耐煩。

「我的意思是……好啦！我說啦！」他漲紅了臉，楊原玲第一次看到他這麼害羞，不免覺得奇怪，本來想取笑他，這時耳邊傳來他的話：

「妳要不要當我的女朋友啦？」

第五章

轟隆！

楊原玲覺得她整個人像爆炸了！無數碎片飛奔到宇宙，再從四處飛回來聚合，有幾秒鐘的時候，傅新凱就站在她面前，而她卻看不到，直至神智完全集合的時候，才清醒過來。

「什……什……」她連話都不會講了。

女朋友？當他的女朋友？她有沒有聽錯？還是這只是個玩笑？而傅新凱漲紅著臉，目光不敢看她，低下頭又問：

「要不要？」

「為、為什麼？」總算，她的聲音回來了。

「就覺得妳很可愛啊！所以才問妳要不要當我的女朋友？」傅新凱慢慢地說道，臉

第五章

上紅赧未消。

楊原玲仍是不敢相信。「可是……為什麼?我、我又不漂亮、功課也不好，為什麼要我當你的女朋友?」在她的心中，只有頂尖的人才能和他做情侶。

「我喜歡妳，又不是喜歡那些東西。再說妳哪有不漂亮?妳很漂亮啊!」傅新凱大聲說道，放學後的校園，已經沒有其他人了。

仍是不敢相信，楊原玲感到臉上熱熱的。「我……我哪有漂亮?」

「有啊!不信妳把眼鏡脫下來看看，妳很漂亮的。第一次我不小心踩到妳眼鏡的時候就發現了。」怕她不肯相信似的，傅新凱大聲的道。

「啊?」楊原玲更加不好意思，原來她早就漂亮很久了。

「從那時候開始，我就想要認識妳，後來聽說妳數學不好，想要幫妳補習，這幾個禮拜相處下來，我更喜歡妳了，才想問妳要不要當我的女朋友?妳、妳到底要不要?」問法雖然不太客氣，但這是他第一次告白，當然不知道怎麼開口囉?

「我、我不知道……」她傻了。

「妳不要的話也沒有關係，下次再告訴我！」傅新凱說完急忙轉頭，當場被拒絕很難堪。提出這要求已經很敏感了，他不希望在這時候受打擊。

「喔……」楊原玲覺得自己好像很白痴，但突如其來碰上這種問題，誰不會變白痴？

傅新凱見她沒有立刻答好，覺得她一定不喜歡他，隨著時間一分一秒的流逝，更覺希望渺茫，但只要她還沒有開口，他還有一點機會，反正……再說啦！

懷著不安的心情，兩人一前一後的出了校門。

※　　　※　　　※

女朋友？當他的女朋友？

一路上楊原玲都被這個問題嚇住了，回到家後還得裝得若無其事，只有在房間的時候，她才可以冷靜下來。

他怎麼會要她當他的女朋友？他害羞的樣子，看起來不像是其他惡劣的男同學會開的玩笑，他真的……喜歡她嗎？

第五章

好奇的，她拿出鏡子，取下眼鏡，湊過去瞧，一張看了十七年的臉蛋，有很漂亮嗎？至少眼睛、鼻子、嘴巴都還在，醜不到哪裡去。只是掛上眼鏡之後，好像只能看到一張嘴巴，好好笑。

放下鏡子，她心頭大亂，仍是不得其解。

他是第一個稱讚她漂亮的人，也是第一個最談的來的異性朋友，她……喜歡他嗎？她不知道……不過和他在一起，她可以卸除所有緊張、矯作，和別人在一起強裝的不在乎外貌批評，在他身上得到了慰藉。

原來……有人這麼看重她……

哎……好複雜喔！她還是先來寫功課好了。

拿起書包，找今天的作業簿，赫然發現劉語晴交給她的信，還好端端的躺在裡面……

她驚慌起來！糟糕！本來是想在今天車站各自回家時，把信交給傅新凱的，結果他對她表白後，她就忘得一乾二淨！直到看到這封信時，她才突然想起！

怎麼辦？她還沒拿給傅新凱，什麼時候要拿給他？明天讓語晴知道她還沒把信送出去，她一定很不高興……

啊！

楊原玲全身電到，那對情感遲頓的電路這時才接通，劉語晴託她送信給傅新凱，傅新凱又說他喜歡她，如果讓劉語晴知道的話，她會怎麼樣……

楊原玲跌坐在椅子上，事情怎麼會變成這樣子啊？

一個是她的好朋友，一個又說喜歡她，她無法拒絕劉語晴，也不想傷害傅新凱，她……

她該怎麼辦？

※　　※　　※

「原玲，妳把信拿給傅新凱了沒有？」劉語晴滿懷期待，神色興奮的問道。

「呃……啊？」楊原玲還沒想好對策，劉語晴就開門見山，害她一時不知該怎麼回答。

見楊原玲錯愕的樣子，劉語晴也猜到了八分，不悅的道：

第五章

「妳還沒把信拿給他對不對？」

「拿……拿了啦！」生平第一次說謊，楊原玲覺得自己是個大騙子。

然而她的不自然、神色慌張，仍逃不過劉語晴的眼睛，她雙手叉在胸前，柳眉一挑。「真的嗎？」

「真的啦！」既然開口說了謊，就要說到底。

劉語晴半信半疑，諒她不敢騙她，才臉色稍霽。「那……他怎麼說？」

「我不知道。」

「妳不是把信拿給他了嗎？」劉語晴又不高興起來。

「可是……可是……這種事，他不會對我說的呀！這……這是你們兩個人的事嘛！」謊言如同雪球，越滾越大。

這……也是啦！劉語晴算相信了，但又開口了：

「他意思怎麼樣，妳也不知道，那……」劉語晴表情一變，又親熱的對她展開笑靨。「原玲，妳幫我去問他好不好？」

「啊？」楊原玲嚇了一大跳！

「拜託嘛！妳跟他那麼熟，去幫我問一下，沒有關係啦！」劉語晴完全沒有想到楊原玲會有難處。

「可是……這種事……我去不太好吧？」楊原玲抗拒著。

「有什麼不太好？妳又無關緊要，妳去最沒有問題了。」在這件事情中，楊原玲不過是個小角色。

然而，楊原玲的心頭仍是被刺了一下。

見她沒有講話，劉語晴推了她一把。「去不去？」

如果不去的話，劉語晴也會硬纏著她去的吧？接過她遞的刺，儘管已經被扎傷，楊原玲也只能道：

「等中午休息時間，吃過飯我再去好不好？」

「好。」劉語晴滿意了。

※　※　※

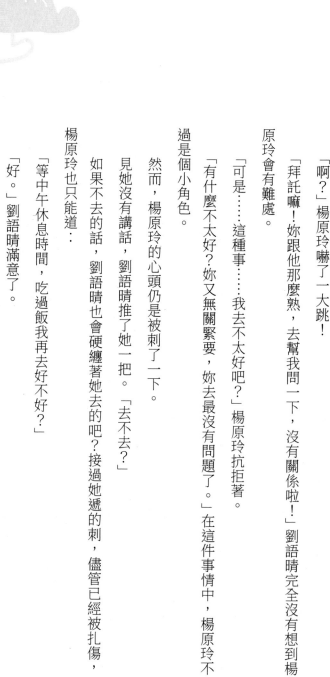

第五章

「傅新凱，那隻田雞找你。」陳子皓走到窗戶邊，通知正在跟別人講話的傅新凱。

「田雞？」和他說話的同學莫名其妙的看著門口。

「沒有啦！」傅新凱惡狠狠的瞪了陳子皓一眼，陳子皓則是一副嘻皮笑臉，漫不在乎的痞樣。他沒解釋太多，向門口走去。

是楊原玲？她怎麼來了？

沒想到在經過昨天的表白之後，她會過來找他，傅新凱的心中一喜！不由得升起希望，她是要來跟他說答案的吧？如果她不答應的話，今天也不會主動過來找他，那麼，答案是肯定的吧？

喜悅牽動了嘴角，像氫氣般灌滿了全身，他腳步輕快，笑著走向了楊原玲。

見到他如陽光般移動而來，楊原玲有半刻的迷眩，以前怎麼沒發現他這般耀眼呢？不僅照亮了四周，還直射入她的心房，剎那間……有什麼狠狠的被撞了一下！

「原玲，妳來啦？」他站在她面前，笑得好燦爛。

「欸……」人來了，卻不知要何開口？

怕她尷尬，同時也不想成為班上的焦點，陳子皓正帶著人在教室門口看好戲呢！

傅新凱道：

「我們換個地方講話吧？」

「好。」

跟著傅新凱離開高年級班，他們來到了花圃旁，這裡講話比較不受人打擾，傅新凱滿懷期待的問：

「妳找我有什麼事嗎？」

好看呀！他長得真的不錯，楊原玲發現……她好像、好像有一點點喜歡他，不是單純的朋友關係，而是更深一層，屬於女生跟男生的……擺動的手指碰到了裙擺，憶起了口袋中的那封信……在發現喜歡上他的同時，也得將劉語晴的信交給他……

她愣在原地，無法動彈。

見她毫無動靜，神色恍然，傅新凱擔憂起來，也不敢催促，只道：「原玲，妳怎麼了？」

第五章

她怎麼了？她為什麼在這裡？她來幹什麼的？

口袋的信像針似的，緊緊札著她的心頭，劉語晴那張臉在她眼前跳動，不悅的、生氣的、憤怒的……然後大喊，我們是好朋友……

她一慌，趕緊將信掏了出來。

見她不講話，再看到她手中的信，傅新凱已經不像剛才那麼快樂了。

「這是什麼？」他問道。

「這是……語晴給你的。」她很單純的回答。

「誰？」他臉色變了。

楊原玲退了一步，傅新凱他……生氣了嗎？他生氣，語晴也在生氣，一想到這裡，她又退了一步。然而使命終要完成，她囁嚅著：

「給你，這是……語晴……要給你的。」

「這我當然知道，問題是，妳幹嘛要拿她的信給我？」明眼人一看都知道那是情書，於是他不由得憤怒了。

「她……她要給你的。」楊原玲已經不知道該說什麼了？只能不斷重覆這句話。

「楊原玲！」傅新凱怒吼著，神色有著傷痛。「妳不喜歡我，也不用用這一招，直接告訴我就可以了！」

什麼？她不喜歡他？不、不！楊原玲搖起頭來。

「不、沒、沒有……」

「我喜歡妳，就算妳拒絕我，我還承受得起，我並不想逼妳。就算不能當男女朋友，也沒有關係，但是妳用這一招，就太過分了！」原以為她過來找她，是要帶給他好消息，未料是這種傷害！傅新凱感到被賤踏，備感受辱。

「不，不是這樣的……」舌頭全都打了結，楊原玲更加焦急。

「那妳把我推給別人，是什麼意思？」他的呼吸開始急促，話也快了起來：「是同情我、可憐我，怕我沒人愛，所以把我推給別人，這樣的話，我就不會來纏妳了？放心，這點自知之明我還有，我沒有那麼低級。」他的聲音沙啞了起來，聽得她好難受。

「不、不是這樣的……」怎麼回事？她做了什麼？

「妳就是這樣子，不是嗎？」傅新凱吼了起來，眼眶都紅了。

「我沒有，真的沒有！」楊原玲相當著急，她誰都不想傷害，但是他怎麼如此痛苦？

「但是妳已經做了！本來我還以為我們可以做普通朋友的，但是……沒有了。」她傷了他，徹徹底底傷了他。

當一個人向另外一個人表白時，愛戀的心固然美麗，卻也如同琉璃般，是脆弱的，即使無法得到對方，也希望能得到完整、得到尊重。

然而楊原玲非但沒有答應，還迫不及待的想要趕走他……

原來，他在她心裡，一點分量都沒有。

傅新凱的話像一桶冰水從她頭頂灌下，楊原玲直打顫，不斷拚命眨著雙眼，不敢置信的反問：

「你說……什麼？」

「不要再聯絡了。」傅新凱轉身而去，沒有說再見。

猶如淋溼的身體又站在空曠的原野中吹風，楊原玲打著哆嗦，連腦筋都凝滯了……

她到底在做什麼？她已經不清楚了。

「楊原玲！」一記尖銳的聲響傳來，她無意識的尋著聲音來源望去，見到來人時，渾身一震！又被震醒了！

是劉語晴，她紅著雙眼，像隻發怒的貓咪，不斷用她尖細的聲音喊叫：

「妳怎麼可以這樣？妳太可惡了！」

她怎麼了？為什麼連劉語晴都罵她？楊原玲快哭了出來。

「我、我沒有！」

「那為什麼我的信妳到今天才交給學長？他又為什麼說喜歡妳？」她到底聽到了多少？

「妳……妳都聽到了？」楊原玲思緒大亂。

「既然妳不想幫我送信的話，那就說啊！幹嘛還答應，讓我苦苦等待，結果拖了

第五章

這麼久，而且學長還說喜歡妳，既然這樣，妳就不要幫忙送信啊！幹嘛要玩我？」劉語晴說到激動之處，還用力跺了一下腳。

「我沒有、沒有……」劉語晴這樣說，好像她是十惡不赦的大壞蛋。

「要不是我想聽聽看學長跟妳講我什麼話，才跟在妳後面跑了出來，我一直都不知道妳這麼惡劣！」劉語晴指著她的鼻子大罵。

「不是這樣的，語晴，不是這樣的。」楊原玲走上前想要解釋，她蓄在眼鏡後的淚水，沒有人看見。

「我不再跟妳做朋友了！楊原玲，我討厭妳！」劉語晴喊完之後，頭也不回的跑了。

我們不要再連絡了……

不再跟妳做朋友了……

同時間，面對傅新凱和劉語晴的決絕，楊原玲彷若被刀子剖成兩半，從頭到腳，寒風冷冷的灌了進來，兩個都是她的朋友啊！為什麼他們全都不要她了？

「新凱……語晴……」她費力喊出他們的名字，但對方並不在眼前，楊原玲淚眼迷濛，她並不知道她做了什麼。

一直到今天，她才明白，她是喜歡傅新凱的。而另外一個是她的好朋友，她以為，和劉語晴的感情深厚，但是她卻用力的喊出她討厭她……

怎麼會……這樣子……

如果可以的話，她希望時間能夠重來，讓她好好想想她今天的所作所為，但是一切都來不及了，一切，都來不及……

對感情的遲頓以及不善處理，讓她同時失去了友情和愛情，面對生命中同時抽走的重要情感，她只能毫無預警的接受……

※　　※　　※

「語晴……」

「要不要一起吃飯？」

第五章

「語晴，我想跟妳說……」

不論她怎麼呼喚，劉語晴始終沒回答她，甚至連正眼都沒瞧她，任憑楊原玲在後面追得傷痕累累，她仍不為所動。

面對難堪與羞辱，楊原玲都吞了下來，因為，她還想要這個好朋友。

整整心緒，面對連日來她的不理不睬，楊原玲當沒這一回事，她謹慎的、小心翼翼的，猶如被惡婆婆虐待的小媳婦似的走到正在跟其他人講話的劉語晴面前。

「語晴，這是最新款的手機墜飾，送給妳。」楊原玲將她跑了好幾天才買到的手機墜飾準備送給她。這是目前某韓劇中女主角所吊掛的墜飾，因此賣到缺貨，市面上已經很少看到了。

劉語晴連看都沒看，冷冷的道：「不要。」

「妳不是很想要嗎？」

「我說不要就不要。」見她不動，劉語晴索性拿了起來，丟到地上，然後頭轉向一邊，親熱的拉住另外一個女孩子的手，高傲的說：

「我們走，不要理她。」

「可是……」

「走。」劉語晴霸道的道，另外一個女孩子同情的回過頭，還是跟著劉語晴走了。

楊原玲發現，她在另外一個女孩子身上，看到自己的影子。

一直以來，她跟在劉語晴身邊，凡事以她為主，然後她熱絡的挽著她的手，說她們是好朋友，如果稍不順她的心，她就拂袖而去，所以她積極的、努力的保留這份友誼。

一直到現在。

拿起掉在地上的墜飾，楊原玲看著遠離的劉語晴，那顆真誠對待她的心，被埋葬了起來……

※　※　※

走到熟悉的車站，以往從這裡開始，就是她跟傅新凱說再見的時候，然後她搭上公車，從車窗裡面跟他說拜拜。

第五章

楊原玲佇立著，身邊來來去去不少公車，載走了不少學生，又呼嘯而去，她仍停留在原地。

好像……世界只剩她一人。

「咦？新凱，那個不是你的田雞嗎？」刺耳的戲謔聲傳了過來，聽到熟悉的名字，她不由得回過頭一看……

傅新凱看到楊原玲時，也為之一震。

其實……沒有什麼好訝異的，這個車站是他們每天一起來的地方，每天都會在這裡說再見。

見傅新凱和楊原玲兩個人都不說話，陳子皓訝異了：

「新凱，你不跟她打招呼嗎？」

「車來了。」傅新凱看著行駛而來的公車。

「咦？耶？」陳子皓左右張望，這傅新凱不是和這個田雞學妹走得很近的嗎？怎麼今天見到了面，兩人完全不講話？太奇怪了。

傅新凱彷彿沒見到楊原玲般，車子停下來時，他第一個踏步上去，陳子皓在不明所以的情況下，也連忙上了車。臨走時還投給楊原玲一個莫名的眼神。

車子載走了傅新凱，留下她一人。

真的……只剩下她一個人了。

已經沒有其他學生了，車子來來去去，把他們都載走了。她就在這裡看著他們，彷彿她被排除在外。

楊原玲有點茫然，最後，走路回家。

從此以後，她沒有在校園裡看過他，就算放了學，她也不再搭公車，寧願多花半個小時走回家。

將精力投入書本中，她認真讀每一科，就連最弱的數學也拉高了她的總平均，她知道，他功不可沒，只是，不願再想起。

在所有揮灑著色彩的青春中，仍有一抹暗淡。

曾經認真的、熱忱的一顆鮮活的心，隨著時間的拉長而變調，她知道，卻無力阻

第五章

止改變。

一直到畢業後，那些她以為快樂的、美好的、傷痛的、醜陋的記憶，都只留在高中。

第六章

一陣慌慌張張的腳步聲從背後傳來，楊原玲來不及讓路，後面的人如火箭般撞了上來，威力十足，她一個重心不穩，整個人往前跌了過去，手上的選課單全都掉在地上了。

「對不起、對不起。」還算對方有良心，停了下來之後，蹲下來幫她把所有東西都撿起來。

哦！好亮！不是外面陽光刺眼，而是眼前這個女孩有著圓圓的臉蛋，靈活的大眼，頭髮全束到後面綁成一個馬尾，上半身穿著牛仔背心，下半身則是牛仔褲，她不僅像顆太陽，更像匹野馬。

「不好意思，我太冒失了。對不起、對不起。」女孩將她的東西全都還給了她，並奉上一個討好的微笑。

「沒關係。」楊原玲數數手上的單子，還好沒少。

第六章

「視聽室?視聽室在哪?啊!在這裡。」女孩抬起頭來看看頭上的牌子，再看看站在視聽室前面的楊原玲，好奇的問道：

「同學，妳也是中文系B2的學生嗎?」

「對。」

「真的?太巧了，進來吧!」不由分說的，女孩拉著她就走，楊原玲還來不及說話，她已經為她們挑了個好位置坐了下來。

楊原玲沒有意見，在她身邊坐了下來。

本來以為找不到視聽教室，會聽不到助教講解選課的細節，不過還是在最後一刻趕上了，幸好。

大學了，真令人感到新鮮。

在填寫志願時，她本來就不知道以成績平平的她，能不能考上學校?沒想到不但錄取，到她所屬意的系別，讓她的人生有不同的里程，展開新的生活。

這時，撞到她的女孩開口了：

「妳叫什麼名字？」

「我叫楊原玲。」

「我叫林欣儒，不過可不是還珠格格裡的那個林心如喔！欣是欣欣向榮的欣，儒是儒家道家的儒。」林欣儒介紹的相當詳盡，唯恐人家不知道似的。

「妳好。」楊原玲保持著距離。

「妳好有氣質喔！一看就知道是中文系的，哪像我是不小心才掉到這個系的，看來這四年不好過了。」林欣儒嘆著氣，楊原玲只能安慰她：

「沒有那麼嚴重啦！」

「妳知道嗎？我原本想讀國貿的，但怕自己能力不夠，想說填個跟以後做生意有關係的英文系也可以，中文系是抓來湊數的。沒想到竟然跑到這裡來。哎！」她重重嘆了口氣。

楊原玲笑了笑，沒有說太多，林欣儒又開口了：

「我話很多對不對？讀中文系的應該要像妳這樣溫柔婉約，又有氣質的人讀的，我哪適合呀！」

「妳也很不錯呀！」她只能空泛安慰。

「要不是我老爸說考上了就來讀，起碼混個文憑，以後還可以當老師。啐！誰說讀中文系的就一定要當老師？真是！」話正說得開心，門口走進來一個人，自稱是系裡的助教，開始講解選課的細解，林欣儒這才閉嘴。

楊原玲將注意力全放到前面，不再有所反應，她並不討厭林欣儒，只是關於朋友……她有所保留。

因為，她開始懂得保護自己。

※　※　※

人聲鼎沸的學生餐廳，林欣儒興奮的東張西望，對什麼都好奇，一眼就知道她是個新鮮人，反倒是楊原玲坐在位置上吃著飯，老神在在，不為外物所動。

「這裡賣吃的好多，自助餐也有，麵也有，水餃也有耶！哪像以前我們學校，福利社小得可憐，連坐的地方都沒有。」

喝著清湯，楊原玲讓她講話，不發表意見。

是林欣儒拉她來餐廳用餐的，要不然她早就回寄住的姑姑家了。不過林欣儒硬拉著她逛校園，她拗不過她，只好答應留下來了。

這裡離老家太遠，還好姑姑住臺北，有個地方寄宿對赴外地求學的學子來說是很不錯的。

「還有賣冰耶！不知道冬天有沒有賣燒仙草？我最喜歡吃燒仙草了。」講了一堆吃的，林欣儒的飯菜都還沒動。

楊原玲還是不講話。

約莫是察覺到自己興奮過頭了，林欣儒靜了下來，看著楊原玲，忽然道：

「對不起喔！」

「啊？」

「妳一直在聽我講話，耳朵一定很癢喔？」

楊原玲笑了起來。「還好啦！」她這個人也滿有趣的。

第六章

「我這個人就是這樣，一開心的時候，就會一直講、一直講，自己都控制不了。我好羨慕妳喔！那麼漂亮，又那麼有氣質，一定很多人喜歡妳。」林欣儒一臉羨慕。

「沒說話就是有氣質嗎？」楊原玲不禁失笑。她是少數幾個稱讚她的人。

「也不是這樣講啦！只是我覺得妳好像書裡走出來的女主角，柔柔的、靜靜的，很有涵養，哪像我那麼聒噪，像妳真好。妳男朋友真幸運。」林欣儒突然冒出這一句，楊原玲反射性的回答：

「不，我沒有男朋友。」

她本來差點成為……楊原玲低頭吃飯，不再去想那個人。

「那妳進來後一定很多人追。」

「是嗎？」她不相信自己的桃花。

「當然。人家不是說上大學起碼要修三個學分，課業、社團，再來就是愛情了……」林欣儒滔滔不絕，然而楊原玲並沒有在聽，她只想平靜度過四年就夠了。

事實上，她不願去碰感情，那種事，跟她無緣，從小到大，從來沒有一門課是教兩性如何談情說愛，與其跌跌撞撞，她寧願獨善其身。

※　※　※

偌大的校園對任何一個新鮮人都是有趣的，吃過了飯，林欣儒迫不及待拉著楊原玲到處逛逛。她的好意無法拒絕，楊原玲也只好跟著她走。反正這麼早回姑姑家也沒事做。

跟著林欣儒在校園走著，驀地聽到她一記充滿驚喜的聲音：

「看！是籃球場耶！有人在打球，我們去看。」林欣儒迫不及待拉著楊原玲往前跑，熱情觸動她心底的潘朵拉盒子。

「妳喜歡籃球？」楊原玲有些詫異。

「對啊！我高中是籃球校隊，這裡不知道有沒有女籃？我可以加入。」林欣儒神采飛揚的說道。

「喔！」楊原玲的心門再關上了一點。

絲毫沒有察覺到她的異樣，林欣儒拉著她走到籃球場邊，對著場上的人們興奮的說道：

「那個前鋒不錯，後衛也很強，啊！快點快點！上！對，投球！耶！」林欣儒也不知道在幫哪隊加油？反正兩邊都打得不錯，而讓她語調倏地變聲，卻有其人。

拉著楊原玲的手臂，林欣儒低聲喊道：

「快看！快看！那個前面有個閃電符號衣服的那個男的。」

楊原玲察覺她的不同，同樣是熱情，但此刻的林欣儒多了份緊張，聲音也小了許多，她疑惑的將注意力拉了回來，剛剛她根本沒在看場上。

依著林欣儒的指示望去，不看還好，一看——

轟！

她的世界再度拉回到過去，重疊的影像在她眼前跳躍，就如同身處在震央，她的眼前竟然感到搖晃？

傅新凱？他怎麼會在這裡？

心中大聲疾呼，嘴裡卻發不出半絲聲音，她整個人像塊木頭杵立在那，無法動彈。

從他畢業後，她就再也沒有他的消息，她知道他成績優異，考上大學不是難事，但絕對、絕對想不到，他們，竟然在同一間學校裡！

極度的震撼讓她無法思考，她只想逃開，離開有他的世界……

「就是他，長得很帥吧？是我喜歡的那種型，我要的白馬王子就是那種人。楊原玲，妳說我追他好不好？」林欣儒熱切的聲音進到她的耳裡，楊原玲再度感受到另一股震波。

「妳說……什麼？」她的胸口被扭緊了。

「我去追那個男生好不好？不知道他是哪一班的學生？叫什麼名字？這種事應該去查了就知道。」林欣儒的坦率讓人無法消受，楊原玲甚至懷疑……

「妳在開玩笑嗎？」

「我是說真的，我的樣子看起來像開玩笑嗎？」林欣儒一臉受挫，眉頭都皺了起來，她的表情豐富得令人訝異。

第六章

說實在的，她的熱情、直率、直言，是個很好的人，但是……楊原玲無法跟她做朋友，她把最後的距離，也封閉了。

就像……又回到原點。

記憶又清楚的湧了上來，在她的新生活裡，如同魔爪擒住她的腦袋，不願給她好日子過。

※　※　※

試著遠離一切，避開可能會影響她新生活的事物，楊原玲選擇進入靜態的棋藝社。至少在這裡，讓她有個地方憩息，重新面對新事物。

「妳確定要下這一步嗎？」

社團教室裡分屬好幾個不同的社團，所以可使用的空間僅為一方，真正的動態活動大都是借其他的場地進行。

雖然如此，但像這種社團教室的成員來來去去，真要心無旁鶩也難，尤其像她這個初出茅廬的小毛頭。

「呃……」楊原玲被姚旭昇一問，有些退怯。「那我走另外一步好了。」她試著想把車拿回來，姚旭昇卻給她一個微笑。

「這樣不行喔！學妹，起手無回大丈夫。」

「可是我每走一步，你就問我是不是要下這一步，說了又不讓人家改。」楊原玲抗議起來。

姚旭昇是大她一屆的學長，她進入棋藝社便是由他指導，據聞，他雖然才大二，圍棋、五子棋、黑白棋……樣樣精通，畢竟棋藝之家出來的，棋藝社有他入社，簡直是寶。

姚旭昇聽著她猶似撒嬌的抗議，笑容像黏住了。

「我是看妳有沒有定力呀？」

「你看到了，沒有。」楊原玲投降了。

「別這麼快就放棄，妳好好想一想，妳起碼有三步棋可以贏我。」姚旭昇寵溺的道，這個由他指導的小學妹，真是有趣。

「真的？」被他一說，楊原玲又振起精神，仔細端看棋盤。半晌，她放棄。「我看不出來。」

「再加油啊！」

「知道了啦！」

縱使如此，她畢竟沒有慧眼，楊原玲舉起白棋。「我認輸了。」

「妳連努力都沒有。」

「你是顧問耶！連社長都還要跟你請教，我怎麼努力也沒用。」她看得很清楚。

也算是結束一盤棋，姚旭昇問道：

「要不要去吃冰？」

「不用，謝謝。」

「妳待會不是沒有課？」

「嗯，不過我想去圖書館一下。」圖書館藏書豐富，汗牛充棟，令她嘆為觀止，真跳下去書海恐怕會淹死。

「妳好像常跑圖書館？妳都看什麼書？史記？資治通鑑？」

「不一定，只要是感興趣的書都看。我昨天才看完『世界十大不可思議之祕密』，等一下要拿去還。」楊原玲指了指擺在桌上的一本厚重書籍。

「再見。」

「妳……拿得動嗎？」姚旭昇懷疑她剛怎麼搬來的？「要不要我幫妳拿？」

「不用了。」楊原玲站了起來，拿起書本放在胸前。「那我先走了，學長再見。」

楊原玲離開了社團教室，姚旭昇開始收拾棋盤，而這個時候，傅新凱走了進來，走到他的面前，將籃球放在桌上。

「旭昇，要不要去鬥牛？」

「好啊！等一下。我先收好棋子。」見到籃球，姚旭昇眼前一亮，加快速度收拾。

一般對他不熟的人，很難想像棋藝熟練的他，竟然也是籃球的愛好者，愛動，是男生的天性，至於棋藝，就跟家學有關係了。

「剛跟人對奕啊？」

第六章

「對啊！一個學妹。」想到楊原玲，他是嘴笑眼也笑，傅新凱和他是室友，很快查出他的不對勁。

「不會是你成天掛在嘴上的那個學妹吧？」傅新凱將球拿在手上把玩。

「我拿有成天掛在嘴上？」姚旭昇不認帳。

「只要一提起你那個學妹，你的心情就會很好，還不承認？說！她到底叫什麼名字？讓我們棋藝界的第一把交椅這麼神魂顛倒？」傅新凱知道他家裡從祖父到孫子全是棋藝愛好者，在國內也頗負盛名，才這般揶揄著。

「我哪有那麼誇張？」姚旭昇可不服，死要面子。

「她到底叫什麼名字？」傅新凱好奇的追問。

「她叫楊原玲，是中文系一年級的。」姚旭昇轉身去把棋盤收到櫃子裡。

咚！

籃球自他的手上掉了下來，傅新凱猶不自知，他整個人僵硬著，猶如一塊急凍的冰人，神色異常凝重，而正在整理櫃子的姚旭昇並沒注意，反倒是地上的球吸引了他的注意，他撿了起來。

「球掉了啦！不會撿喔？」姚旭昇把球丟還給他，傅新凱反射性的接了過來，才大夢初醒。

姚旭昇拍拍他的肩，豪爽的道：

「走吧！」

※　※　※

掬起了水，大把大把的往臉上撥灑，洗去一臉汗水，卻換來溼漉漉的臉蛋。傅新凱取下一旁的毛巾，往整張臉蓋去，隨後才拿下來，兩手撐在水槽兩側，發呆。

楊原玲？是那個楊原玲嗎？

走出廁所，將身體交給床鋪，他整個人躺了上去。大白天的，他在宿舍癱著，實在是沒心思去其他地方了。

原玲……是她嗎？

那張躲在厚重眼鏡後面的臉龐，是怎樣的俏皮有趣。他很慶幸沒有太多人覬覦她

第六章

的美麗，才讓他得以獨占她的全部，享受與她在一起的時光，直至——
煩躁的他坐了起來，對於她的作為，至今還不能釋懷。
縱使她不願接受他，她也不該漠視他的真心，還將他推給別人，那傷害，竟然比他想得還深，他才明白，原來他曾經付出多少。
那些，只是個笑話。
她不僅將他如燙手山芋拋棄，還以那麼卑劣的手段，忙不迭將他推開，結果，她又闖入他的世界。
剛剛鬥牛結束，他上網去查今年的新生名單，並透過中文系助教得知，那個楊原玲和他是同一所高中畢業的。
是她了……
嘶吼了一聲，將胸中一股氣盡數吐出，仍排不開憂鬱，她又這麼莫名其妙闖入他的世界，讓他措手不及，該死！
「叩！叩！」

「誰？」傅新凱沒好氣的低吼，會敲門的話，就不是姚旭昇了，他都直接進房的，而他們整棟又是男生宿舍，來人必是宿舍裡的人了。

「學長……」一個清脆的、屬於女生的聲音響起，傅新凱一驚，對自己的失控感到生氣，他迅速整理心緒，才上前開門。

「學妹，是妳，妳怎麼來了？」他有絲驚訝。

「來找你呀！」林欣儒露出燦爛的笑容。

兩邊的房門全都打開，不知道是聽到他的叫聲？還是聽到女生的聲音？全都跑出來一探究竟。這裡是充滿陽剛的男生宿舍，也是雄性發情最旺盛的時期，只要一有女孩子出現，就很容易引來側目。

不習慣這種注視，傅新凱說道：「進來吧！」

林欣儒走了進去，對男生的房間充滿了好奇，只見她眨呀眨的，不停觀望。

傅新凱現在只想一個人獨處，又不好把她趕出去，只得速戰速決。

「有什麼事嗎？」

第六章

「喔!學長,這是我親手做的餅乾,特地拿來請你吃的。」林欣儒拿出一包包裝精美的紙袋,遞到他面前。

「不用了。」

「我都拿來了耶!」

「妳自己吃吧!」

「這做好就是要請你吃的。學長,你收下吧!」林欣儒以為他在客氣,心情惡劣的傅新凱並沒精神去敷衍,口氣很差的喊道:

「我說不用就是不用!」

這一聲喊得林欣儒雙眼猛眨,滿臉驚恐,傅新凱才驚覺自己太過分,她只不過受到池魚之殃。怕她哭了起來,人家還以為他對她做了什麼事,忙道:

「對不起,我不是故意的。」

林欣儒喘出一口氣,仍是笑意盈盈。「沒關係,學長,你心情不好吧?那……這個餅乾希望能讓你心情好一點。」她仍不灰心,再接再厲。

剛才對她那麼兇，她還笑臉迎他，傅新凱不禁歉疚起來。她畢竟是個女孩子呀！雖然她是自己跑到球場來認識他，但也不能隨意對待人家。

林欣儒是他認識的女孩子當中，最主動的了。他對她印象深刻。雖然她主動要求跟他當朋友，態度卻很誠懇、落落大方，一點也不會讓人覺得不自在。這個學妹，他對她還算有好感，而且她的真，讓他想起另外一個女孩……

「喔！那……我收下了。」算是補償吧？

「謝謝學長。」

該道謝的應該是他吧？怎麼反而是她在跟他說謝謝？傅新凱咬下一口餅乾，嚥下各種滋味。

「有人在？」姚旭昇見房門沒關，直接衝了進來，見到房內有女生，連忙煞車。

「你不是太陽學長嗎？」林欣儒比他更快的叫了起來，表情比他更為驚訝！

「咦？妳不是……？」

「對啊！妳是原玲的同學嘛？」由於林欣儒常到社團找楊原玲，姚旭昇也認識她，只是沒想到她會在這裡出現。

第六章

「太陽學長？」傅新凱莫名其妙的看著姚旭昇。

「沒有啦！這個學妹第一次聽到我的名字時，就說旭日東昇的是太陽，以後看到我時，就太陽學長、太陽學長的猛叫。」

「原來如此。」

「妳怎麼會在這裡？」姚旭昇轉向林欣儒。

「我來找新凱學長的。」

姚旭昇忘了原來的目的，熱絡的跟她談起天來：

「妳也認識新凱呀？」

「對啊！那太陽學長，你怎麼會在這裡？」

「我跟新凱是室友，我是回來拿書的！」要上課了，他忘了拿課本，連忙衝回來拿，沒想到會遇上這麼巧的事。

「真的？怎麼這麼巧？」

「那既然大家都認識的話，晚上要不要一起去逛夜市？妳跟原玲一起來，我跟新凱去接妳們。」他一直有約楊原玲出遊的念頭，只是苦無機會，沒想到林欣儒既然跟傳新凱認識的話，可得好好利用一下……呃，不，是大家一起出遊比較熱鬧。

「好呀好呀！」林欣儒忙不迭的點頭，能跟傳新凱共同出遊的話，當然好囉！「那我跟原玲講一下。」

「那就交給妳了。」姚旭昇臉上有掩飾不住的笑容。

「沒問題。」

於是兩個人開開心心討論晚上見面的時間和地點，完全沒注意到一旁的人不對勁，傳新凱始終沉著臉。

第六章

第七章

「原玲！原玲！」林欣儒用著比平常更熱情的聲音叫著楊原玲，即使楊原玲對她總是漠然的態度，她仍毫不在意。每個人個性都不一樣嘛！她相信楊原玲只是比較文靜而已。

「嗯？」

「原玲，我們去逛夜市好不好？」

「妳自己去就好了。」楊原玲把剛才上課的筆記整理好，放進袋子裡面，待會還要去圖書館，她正計劃再借幾本書回家。

「每天都在看書，偶爾也需要休息一下嘛！而且不只我們，還有太陽學長也要去喔！」

「妳是說旭昇學長？」

「對啊！」

那她更不能去了，隱隱約約的，她不想和姚旭昇走得太近。她曾經因為對感情的遲鈍而破壞難得的情誼，做出了不可收拾的事情，現在她過於敏感，至少，不會再傷害他人。

「你們怎麼會想要去逛夜市？」他們應該沒什麼交集。

「我跟妳講喔！這實在太巧了！」林欣儒過於興奮的道：「妳還記得在開學的時候，我們不是在籃球場上看到一個人嗎？」

「誰？」她明知故問。

「傅新凱呀！太陽學長跟新凱學長竟然是室友耶！」

從她的口中提到這個名字，楊原玲的心頭抽痛了一下，臉色都變了。

「什麼？」

「對啊！很巧吧？我去找新凱學長的時候，太陽學長剛好回來拿課本，我才知道的，所以我們就順便聊起來，約好晚上去夜市，怎麼樣？一起去嘛！」林欣儒又是詢問、又是要求的道。

「妳跟傅新凱……什麼時候認識了？」從背後被刺一刀的感覺，又清楚湧現，她沒忘記林欣儒對他的好感。

「最近的事而已啦！我有加入女籃隊喔！」林欣儒得意的道。

楊原玲深吸一口氣，感到肺部痛了起來。

「旭昇學長……跟新凱學長是室友？」

「對啊！新凱學長也要去喔！原玲，去嘛！拜託妳，妳去的話，新凱學長也會一起去，要不然他平常好難約，一起去嘛！」

「妳……真的在追他？」她努力不去知道他的消息，卻無法阻止它們到來。

「噓！小聲一點啦！」林欣儒的臉上浮出一抹紅雲，旁邊還有人在呢！縱使再大方，面對自己心儀的人時，仍不免羞澀。「就當幫我一個忙，讓我有機會跟新凱學長出去嘛！拜託！」

「妳……」

第七章

「拜託嘛！」

這樣的場景，也曾經有過，最後換來的是淚水，楊原玲彷彿掉落過去，再嘗一次痛苦。

原來，過去一直存在。

龐大的陰影向她籠罩而來，她以為已經擺脫，原來，是以另外一種形式向她撲了過來……

「原玲，好嘛！跟我一起去，原玲……」

※　※　※

不知道是因為受不了林欣儒的纏功，還是其他緣故，總之，她來了，連她自己都覺得莫名其妙，為什麼會答應？要和傅新凱見面了……人雖然來了，心卻像跳動的豆子，定不下來。

會是怎麼樣的碰面？她試著不去想，但最後一次離開時的場面，他說得那般決絕，會不會延續……

楊原玲開始膽怯。「欣儒，我……我想回家。」

「為什麼？人都來了。」林欣儒奇怪的看著她。

「我……我改變主意了。」

「不要這樣嘛！他們人快來了，我知道是我們早到了，要妳等妳可能不太耐煩，不過再等一下下就好，學長他們應該很快就來了。」林欣儒也不知道是什麼緣故讓楊原玲想要離去，她只知道要想盡辦法將她留下就是了。

「不差我一人……」

「有，差很多！」

「欣儒……」

「叭！叭！」

兩輛摩托車騎到她們面前停了下來，姚旭昇騎到楊原玲面前，燦爛的笑意即使日頭已西落，仍掛在他臉上。

「原玲，我們來了。」

第七章

「學長……」她走不了了。

「抱歉、抱歉，我們去借安全帽，所以遲了點。來，這個給妳。」姚旭昇將借來的安全帽遞到她面前。

楊原玲偷偷將視線落在他身邊的傅新凱身上，是……傅新凱吧？

他的身形比記憶中更高大，感覺……又熟悉、又陌生。戴著全罩式安全帽的他看不到他的表情，讓她想起當初他離去的背影，她胸口一窒。

不是完全的陌生人，卻比陌生人更生疏。

「原玲？」見她沒有反應，姚旭昇再叫了一次。

「原玲，快點上去呀！」林欣儒已跳到傅新凱的身後，接過傅新凱遞給她的安全帽。

不可能回頭了。

楊原玲接過姚旭昇遞給她的安全帽，既然她無法看到他的表情，她也試著躲藏自己，不讓他看到她。

目的地士林夜市，傅新凱的車子飆在他們面前。

這樣……也好。

※　　※　　※

華燈初上的時候，整條街就已經很熱鬧了，從夜市的入口望進去，更是滿滿的人群，多的像正在覓食的螞蟻，兩邊都是賣吃、賣喝的小販，令人摩拳擦掌，準備大展身手。

很自然的，林欣儒和傅新凱走在一起，而她則跟姚旭昇走在後面。

從校門口稱不上碰面的碰面之後，傅新凱就一直沒和她有過交集。彷彿他們是真正的陌生人，誰也不認識誰，就連他的視線，也越過她……

楊原玲心頭一刺，分離的態度，果然決絕。

「原玲，想不想吃什麼？」姚旭昇快樂的走在楊原玲身邊，體貼的問道。

「不用，謝謝。」

「我看我們找個攤位坐下來好了，新凱、欣儒，要不要找個地方吃東西？」姚旭昇叫住了前面的兩人。

「好啊！新凱學長，你要吃什麼？」林欣儒看著傅新凱問道。

「隨便。」

「那就前面那間豆花店好了，聽說那間滿有名的，連電視臺都來採訪過。怎麼樣？」林欣儒提出建議，除了姚旭昇開口說好，其餘兩人根本沒有反應，於是就這麼進了豆花店。

在人滿為患的店裡，林欣儒眼尖的看到一桌客人才剛站起來，她就拉著傅新凱過去坐下，姚旭昇和楊原玲也坐了下來。

「要吃什麼？」林欣儒問著其他人。

「來這裡就是吃豆花，要不然還要吃什麼？」姚旭昇打趣著。

林欣儒吐了吐舌頭，笑了起來。「對喔！我的意思是有不同口味，要吃那一種啦？」

「要吃什麼口味的？」

「嗯，花生好了。原玲，妳呢？」

「隨便。」

「新凱，你呢？」姚旭昇問道。

「隨便。」

「你們兩個怎麼都點一樣，不過店裡可沒賣『隨便』。」姚旭昇瞧著他們，這樣要人家怎麼點？

楊原玲臉上一熱，吶吶的道：「那……跟欣儒的一樣好了。」

「新凱？你呢？」見他沒回答，姚旭昇只好自問自答：「好啦！那就全部都一樣，花生的好了。」說完他離開位置，上前和老闆點菜。

姚旭昇不在，林欣儒則坐在原位，楊原玲再也逃不了，兩個人的視線對上，僅僅只是兩秒，他的眼神……卻冷漠疏離。

對待一個陌生人，他的態度極其恰當。

高中最後一次見面，她是多麼希望他能再看她一眼，只是願望達成了，卻不能承

第七章

受他的冷漠……

「新凱學長，這是我同學，她叫做楊原玲，是我的好同學。原玲她很有氣質喔！很像中國的古典美人吧？」林欣儒沒看見面前的暗潮洶湧，仍滔滔不絕的道，為他們介紹。

「欣儒……」楊原玲私底下拉了她一把，林欣儒以為她是害羞，說道：「我是說真的嘛！妳可能不知道，我們班好幾個男生都對妳有意思，可是妳都不理人家。」

楊原玲臉上一熱，她怎麼能夠在傅新凱面前談起這種事？

想看他的反應，仍是那副表情，坐得這麼近，距離卻越來越遙遠……楊原玲恨不得從現場消失……

「她誰都看不上吧？」傅新凱終於有反應了，楊原玲聽得出來他的諷刺。

林欣儒一愣，這麼尖銳的話從他口中吐出，她一時不知該如何接下去？而這時姚旭昇走了回來。

「點好了。」他坐了下來，在楊原玲旁邊。

傅新凱看得有點礙眼，她身邊那個位置，不應該是姚旭昇，不，不應該有其他人，那個位置應該是他的。

然而現在他只能坐在她對面，然後裝作若無其事。

過去的記憶湧了上來，他們第一次單獨在外面吃東西時，也是豆花……傅新凱抬起頭來，那躲在鏡片後面的眼睛，他看不清她的情緒。

她……也想到了嗎？

苦澀是跟甜蜜和在一起的，他忘不了跟她表白，卻被她狠狠推開，甚至還將他推給她的朋友，是同情？是憐憫？該謝謝她的有情有義，不讓他覺得沒人要？那些回憶就像利刃劃在心頭，難以忽略。

上大學之後，她一定很受歡迎吧？

他以為只有他一個人發現這顆藏在蚌殼裡的珍珠，而經過這些年，她變得柔美，以前的她表情豐富，個性鮮明，如今個性深沉，氣質婉約，開始已經有人追她了嗎？姚旭昇不就是嗎……

第七章

送上來的豆花蓋不下苦澀，他厭惡看到眼前的畫面。

「原玲，湯匙給妳。」姚旭昇體貼的拿湯匙給楊原玲。

「謝謝。」

「嗯，好好吃。」唯一浸在喜樂的林欣儒，為吃到美食而眉笑眼開，大口下肚。

「欣儒，妳小心一點，別吃壞肚子，待會我們還要吃東西呢！」姚旭昇見她吃這麼快，連忙吩咐。

「哎呀！放心啦！沒事的。」說完她轉頭向傅新凱問道：「學長，好吃嗎？」

「嗯。」

見他贊同，林欣儒更開心了。

微妙的關係如同大海底下奇異的暗流，以不可說的支撐維持了平衡。

※　※　※

縱使夜市人聲鼎沸、熱鬧喧囂，但奇異的寧靜籠罩在楊原玲身上，姚旭昇敏感的察覺到，這個學妹比平常更安靜。

「原玲，妳今天好像比較安靜喔！」他開口說道。
「有嗎？」
「妳平常不是還會說笑話嗎？今天比較沉默寡言喔！」
「學長，你想太多了。」訝異於他的細膩，楊原玲揚起一個勉強的微笑。
是的，有傅新凱在身邊，她怎麼振作的起來呢？他的一個舉動、一個眼神，都足以讓她全身緊繃，判她生死。於是她始終低著頭，走在姚旭昇的身邊，然後……看著傅新凱跟林欣儒走在一起。
這應該是上個世紀的事，為什麼現在還看得到呢？
而更無法制止的，是看到這樣的場面，越來越讓她難受。
「……學長。」她輕聲呼喚。
「嗯？」
「你們……繼續逛好了，我想回家了。」
「我們還沒逛到什麼呢？」姚旭昇訝異的道。

第七章

「我住在姑姑家，不好意思太晚回去。」這樣，不算是撒謊吧？

姚旭昇若有所思的望著她，馬上就道：「我知道了。」隨後叫住走在前面的人。

「新凱，等一下。」

傅新凱停了下來。「什麼事？」

「原玲說要回家，我送她回去。」

「啊？原玲，妳要回家了？我們還沒吃到什麼東西呢！」林欣儒失望的道，她準備來夜市大開殺戒呢！

「我怕太晚回家，對姑姑不好意思，你們繼續逛，我自己回去就可以了。」楊原玲順勢婉拒姚旭昇的好意。

「這麼晚了，妳一個人回去不太好，我送妳。新凱，我們走了。欣儒，好好玩。」姚旭昇做了決定。

「喔！好。」雖然楊原玲不能留下來很可惜，但是能跟傅新凱一起逛街，林欣儒還是很高興。

「學長……」楊原玲還想說什麼，姚旭昇聰明的不給她機會。

「走吧！」

望著和姚旭昇離開的楊原玲，傅新凱眸中堆滿冰冷，原本就沒什麼笑意的臉上，更顯冷漠。

※　　※　　※

「學長，不用了，我自己回去就可以了。」楊原玲走在姚旭昇後面說道。

「妳就不要再推辭了。」

「可是……」

「到了。」抵達摩托車停放的地方，姚旭昇拿出安全帽交到她手中，然後將自己的戴上，插入鑰匙，發動引擎。「上車吧！」

「喔……嗯。」

既然如此，楊原玲也只好坐了上去，將手放在後座的把手上，讓姚旭昇載她回家。

第七章

風勢仍如剛才來的時候一樣強勁，不過時間已晚，氣溫降低，更覺寒冷，楊原玲的皮膚都起了雞皮疙瘩。

一路上，兩個人都沒有講什麼話，也不方便，等到了楊原玲的姑姑家樓下，車子停了下來，兩個人下了車，楊原玲才開口道：

「學長，謝謝。」

「不客氣。」

「那我上去了。」將安全帽還給他，楊原玲準備上樓，這時，姚旭昇突然喊道：

「原玲，等一下。」

「學長，什麼事？」姚旭昇張開嘴巴、欲言又止，楊原玲疑惑的看著他，但見他滿臉緊張，同樣的情景似曾相識……心底的警鐘響起！她深感不妙，正想逃離，姚旭昇的話衝出了口：

「原玲，妳可以和我交往嗎？」

「學長……」她驚訝的望著他。

話已出口，姚旭昇索性一吐許久的心語：

「我喜歡妳，打從妳第一次進到社團，我就對妳有好感，這些話，我一直沒有說出口。趁著今天有機會跟妳單獨相處，所以，我想……請妳做我女朋友。」

「學長……」楊原玲簡直無法相信，她擔憂的事，真的發生了。

「妳覺得怎麼樣？」

「我……」

姚旭昇熱切的雙眼看著她時，她彷彿看到了那時候的傅新凱，一個滿懷熱情的大男孩向她表白，她才驚覺，原來……那時候她傷他有多深……在燒得正熾紅的烙鐵上淋上冰水後，會是什麼樣的狀況？

如今再審視自己的作為，仍是罪無可逭。

「怎麼樣？」

「我……」

姚旭昇走了過來，積壓已久的情愫，讓他想要從她身上掠取甜美，只要一點點就好……

感受到他的意圖，楊原玲低頭閃開，本想親吻她額頭的姚旭昇有絲狼狽，兩個人的眼神都閃了開，沒有交集。

「妳不喜歡我嗎？」

「不是……只是……」她不知道怎麼說，反倒是姚旭昇灑脫的道：

「沒關係，妳不用說什麼。明天，記得要來學校喔！我先回去了，再見。」他上了車離去。

望著他的離去，楊原玲不知道該怎麼做，明天……明天她要怎麼面對他？

一切，都令她猝不及防。

沒有人告訴她該怎麼做，有沒有標準答案，可以讓她不會在無形之間，不會傷害到人？

※　　※　　※

姚旭昇失神的回到了宿舍，一開門，見到傅新凱已躺在床上，兩個眼睛睜得大大的，瞪著他回來。

「你回來了呀？」他驚訝的道。

「都十一點多了。」

是喔？都這麼晚了。姚旭昇走到自己的桌邊，將鑰匙往上面一丟，背後傳新凱傳來：

「你不是送原玲回家嗎？怎麼這麼晚回來？」她住在高雄嗎？

渾然不覺傳新凱對楊原玲的熟稔，姚旭昇有些渙散的道：

「喔……我出去走一走。」

「跟原玲一起去？」所以才拋下他跟林欣儒？

姚旭昇還陷在被拒絕的情緒中，並沒有理會傳新凱。雖然楊原玲沒有說什麼，但從她的態度看來，自己是沒機會了。還未開始就宣判出局，不過，他不希望她因此和他保持距離。

真的就這樣結束了嗎？

第七章

「看來，你們的進展不錯。」傅新凱冷冷的聲音又響起。

「沒啦！」他不是很專心的應付他，浸淫在自己悲慘世界的姚旭昇沒太理會傅新凱的問話，他當他只是隨便問問罷了。

傅新凱則當他是不好意思，自動下了注解。

心底那股火焰正在竄燒，從知道楊原玲也在同間學校後，那潛藏的情愫就活了過來。

他以為……已經過去了。

可是並沒有，再見到她，她的氣質恬靜，婉約的令人怦然。這和以前的她有種落差，但仍然叫他心動，而如今，她跟他最好的朋友走在一起，是故意要折磨他嗎？

妒忌宛如毒蛇，正在啃蝕他殘缺的心靈，毒液滲入心房，讓原本紅色的血液都染色了……

人類會被趕出伊甸園，只因失了純白之心。

第八章

楊原玲從圖書館走了出來，細數著剛才她借閱的書籍。不論是專業書或是娛樂讀物，都是她的最愛，她的度數，也是因此而來。

推了推有些滑落的眼鏡，她走出大門。

才剛推好的眼鏡，險些又滑了下去，眼前……竟然是他……傅新凱，他站在角落，手叉在胸前，一身的冷漠和此刻陽光滿天完全不搭。他……怎麼會在這裡？

會看到他，也不是意外，他們本來就是同一所學校的。

只是……

他的眼睛在看她，沒錯，他在看她，那銳利的眼神像是不悅、指責，躲了這麼久，他們終究還是要對上嗎？

楊原玲站在原地，一時無措，這時聽到他道：

第八章

「他比我好嗎？」

什麼？

那張狂的怒滔像是從來沒有停息過似的，從他的眼中冒了出來，楊原玲慌亂的只能站在原地，承受他的怒焰。

「不論是哪一個人，都比我好是不是？」傅新凱再度指責，聲音有顯而易見的緊繃。

「你、你在說什麼？」她退了一小步。

該死！他怎麼還像當初那個小毛頭一樣，情緒受她操弄、左右，當初被她傷過之後，現在還是無法忘懷。

而且這是他自她入學以來，第一次與她這麼近距離接觸。

本來只是思念時，他還能冷靜自持，然而她就在眼前，近得只要他一伸手，就可以摸到她的臉蛋時，那設限的堡壘全都瓦解……

「我有這麼糟嗎？」

「新凱……」她喊出了最熟悉的名字，不知如何回應。

「高中時，妳狠狠把我推開，現在上大學了，妳連跟我講句話都不肯，我有這麼讓妳討厭嗎？」他痛苦的喊出聲。

「不、不是……」

「要不是在這裡等妳，恐怕妳也不會跟我說話。」情緒跑得太快，一下洩了底。

「你在等我？」楊原玲錯愕的看著他。

該死！他怎麼自己招認？傅新凱一臉狼狽，惱羞成怒，索性將今天的目的全招了！

「對，沒錯，我在等妳，我是在等妳，是不是很沒用？妳都不想見到我了，我還來找妳？」知道她常跑圖書館，他刻意在這裡等她，只是存個僥倖而已，沒想到真的讓他遇上了。

「不是這樣的……」

「我應該聽明點，既然妳都不想見我，我還來找妳幹嘛？不過妳放心，我只是想

第八章

來問妳，我到底有多糟糕？糟到妳連見我都不願意？」

「沒有！沒有！沒有！」天啊！這是多大的誤解？

「不論是哪一個人，都比我好嗎？妳寧願跟姚旭昇在一起，也不願意多看我一眼，我在妳心裡，真的一點分量都沒有？」

「不、不是這樣的！」

「那不然，妳跟姚旭昇為什麼會走在一起？」

「我不知道你在說什麼？」她聽不懂。

「妳不想講也沒關係，那是妳的事。我只想問妳，我對妳來說到底……有沒有任何意義？」這是他一直想要知道的。

「新凱……」她不知所措的望著他。

「說呀！」

楊原玲不知道怎麼回答他，要怎麼說，才最適當，最不會傷害他呢？她知道自己很愚蠢，總是在不自知的時候傷害最心愛的人……望著暴怒中的傅新凱，她不知道要怎麼做。

「原玲、新凱，你們怎麼在這裡？」

一記聲音突兀的插入，讓已經難堪的氣氛，又再攀升。那個聲音不是來自別人，而是姚旭昇。

「學長……」楊原玲驚慌失措，臉上藏不住情緒。

姚旭昇看著詭異的情景，一個是他的好友、一個是他喜歡的女生，他怎麼想也想不出他們怎麼在兜在一起？

「你們在做什麼？」

兩人都沒有講話，傅新凱甚至把臉轉了過去，沒有讓他發現他的情緒。姚旭昇只好轉向另外一個人。

「原玲？」

「學長……你怎麼來了？」她的聲音有些沙啞。

「我……妳在哭嗎？」他敏銳的發現鏡片後的雙眸水霧迷漫，還有她眼眶都紅了。

第八章

楊原玲連忙別過頭去，不想讓淚水掉下來，還是控制不住。

姚旭昇回過頭看著傅新凱，他什麼話也沒講，只是冷冷的看著他們。姚旭昇驚覺，有什麼他不知道的事情在發生……

「新凱？」

傅新凱沒有講話，而楊原玲又在流淚，他只好先安慰楊原玲。「原玲，怎麼了？發生什麼事了？」

一聽到他溫柔的聲音，楊原玲再也克制不住，竟然就這麼哭了起來。

為什麼？為什麼是他發現她的眼淚？新凱呢？

淚眼迷濛中，已不見傅新凱的身影，他……他走了嗎？為什麼……她想要的是竟別人來給予……

她呆呆的看著前方，想念的身影卻走不出她的腦海。

※　　※　　※

「喝個茶吧！」姚旭昇遞了罐飲料給她，楊原玲接了過來。

「謝謝。」

坐在校園的角落，圍繞的只有灌木叢，沒人來打擾，是個適合恢復心情的好地方，至少，她已經不再哭了。

怎麼會這麼控制不住？真是。

抬頭望著白雲遮住太陽的晴空，低頭看著掉落腳邊的落葉，側身讓涼風撫上臉蛋，她就是不敢看姚旭昇，不過，姚旭昇還是開口了⋯⋯

「妳跟新凱⋯⋯認識嗎？」

楊原玲喝著飲料，沒有講話。

縱使她沒有講話，姚旭昇也猜得出八分，只是他不忍逼她，或許是⋯⋯他不敢聽她說出真相。

會不會⋯⋯這就是她拒絕他的緣故？

姚旭昇搖搖頭，覺得自己想太多了，雖然這一切都相當詭異，不過一定有合理的解釋，只是現在不是好時機。

第八章

「好一點了沒有?」

「嗯。」

「如果妳有什麼話想說,都可以對我說喔!當然了,不說也沒關係,那是妳的自由。」姚旭昇站在她面前說道,楊原玲錯愕的抬起頭,那溫柔的神情、體諒的眼神……

喉頭一窒,他的心意堵得她不知所措。

「學長……」

「嗯?」

「沒事,謝謝。」她從來不知道如何面對感情。

「妳借這麼多書,真是好學呀!不怕度數再增加?」姚旭昇轉移注意力,企圖把氣氛炒熱起來。

「那就再換一副吧!」

「妳也太投入了吧?小心眼睛呀!」

「好！我知道。」

「待會還要上課嗎？」

「嗯。」

「那就走吧！我送妳過去。」

「我自己過去就好了。」

「沒關係，走吧！」姚旭昇幫她把書籍拿了過來，楊原玲要伸手去拿，他反而對她道：「妳就讓我幫妳一次吧！」

望著他真摯的眼神，楊原玲心頭一動，為什麼那關閉的心房，裡面住的不是他呢？

縱使如此，她也沒有再拒絕。

「嗯。」

讓姚旭昇跟著去教室，還沒進去前，就看到林欣儒失魂落魄坐在大樓前的階梯上。

第八章

「欣儒？要上課了，欣儒？」楊原玲呼喚著。

「什麼……是妳呀！原玲。」林欣儒這時總算有了點力氣，只是好像少了點活力。

「妳怎麼坐在這裡？」

「喔……」

「學妹，妳怎麼沒精神的樣子？」姚旭昇問道。

「太陽學長，你也來了啊？找到原玲了啊？」

「嗯？」楊原玲不解的望著她。

「沒有啦！剛剛太陽學長說要找妳，我跟他說妳應該去圖書館，他就去找妳了，還好你們有碰到。」

所以他才那個時候，出現在那邊。

林欣儒像慢火點燃似的，終於有了點笑容。「學長，這麼好，還送原玲過來呀？」

姚旭昇只是笑笑，這時傳來上課的鐘響。「鐘聲都響了，你們還不進去。」

「好。原玲，我們走吧！太陽學長拜拜囉！」林欣儒站了起來，拉著楊原玲進去教室，把姚旭昇拋到腦後。

「欣儒，妳怎麼了？」楊原玲敏感的察覺她的情緒。

林欣儒轉過頭來。「什麼？」

「妳好像……心情不好？」林欣儒的情緒是藏不住的。

「被妳發現了呀！哎！」林欣儒嘆氣的道：「我跟妳說喔！剛剛我碰到新凱學長，叫他，他也不理我，他明明有聽到我叫他，可是他只看了我一下就離開了。妳說，這是怎麼回事？」

又是傅新凱？楊原玲心頭一凜。

「或許……他有事吧？」她臉上一層灰暗。

「對喔！可能是這樣，要不然他怎麼會不理我？我怎麼沒想到？原玲，妳真聰明。」林欣儒振作起來，臉上充滿光彩，她又有精神了。

原來她剛剛的失落，是來自於他？

第八章

想到剛才在圖書館的那一幕，楊原玲發覺……她和傅新凱共同的世界，逐漸瓦解……

※　　※　　※

他似乎做了個很蠢的決定，竟然跑去見楊原玲？

聽姚旭昇講，她常常跑圖書館，所以今天他終於忍不住跑去找她，看能不能在門口堵到她，是幸運還是注定，竟然讓他第一天就碰到面？

傅新凱在外面，漫無目的地走著。

沒想到竟然和她是同間學校？畢業之後，原以為和她沒有交集了，沒想到兜了一圈，還是碰面了。

自己說過什麼話，他仍然記得，那時信誓旦旦的衝著她道，不會再見了。可笑的是，自己卻違背了誓言。

話不能說得太滿，不是嗎？

那時候的滿懷期望，懷著忐忑不安的心，等待她的答案，她給的回應卻將他推到火裡，灼得他好疼，至今想起，都還有些不堪……

為什麼會記憶猶新？難道愛得越多、傷得越重？

都這麼久了，他還對她有多少感情？他不知道……

煩躁的抓了抓頭，他還有什麼資格跟她扯上感情？她都是姚旭昇的人了，不是嗎？

苦澀蔓延在口中，他嚥了嚥，卻反而直達心頭……

選什麼人不好，卻偏偏是他？那個稱兄道弟的哥兒們！吃飯、睡覺都在一起的室友，也是無話不談的好友，這下可應了其他同學的戲謔，連泡妞都一起了。

姚旭昇是個好人，他不想傷害他，所以當發現楊原玲就是他心中那個人時，他並沒有說出口，然而，事情還是出乎他的意料……

他知道了嗎？

早上在圖書館前發生的事，已經讓他察覺了嗎？為此，他到現在還不敢回宿舍，他不知道要怎麼面對他。

第八章

傅新凱吐出一口氣，半夜一點多了，他……睡了吧？

整頓好情緒，他才走回男生宿舍。當初是因為離家太遠，所以才跟學校申請宿舍，沒想到現在成為他無法面對的地方。

雖然有門禁，不過如同虛設，傅新凱回到房門口，輕聲推開了門。

室內的燈光溢了出來，他發怔的站在那裡。

「咦？新凱，你回來了呀？」姚旭昇轉過頭來。

「你……你還沒睡呀？」

「對呀！」

傅新凱進了房，關上門，姚旭昇坐在書桌前，低著頭，像在看書，他看不清他的表情。傅新凱回到自己的床上躺著，企圖裝作若無其事睡覺。

「對了，新凱，」姚旭昇開口了，他的聲音在夜裡特別清楚。

「嗯？」

「你跟原玲……認識呀？」

原本閉上的雙眼，又張開了來。傅新凱暫停呼吸，讓自己不要反應太大。

「算是吧！」他淡淡的道。

「那今天……早上，發生了什麼事？」

「原玲她沒有告訴你嗎？」他不是先離開了嗎？她有足夠的時間向他哭訴。

「你都直接叫她名字？」姚旭昇這時才發現，傅新凱從來沒有連名帶姓叫她。

傅新凱一愣，他這麼不自覺嗎？

他轉過身，沒回答。

「你們認識多久了？」姚旭昇的聲音又傳來，看來，他是準備今天跟他攤牌了？

傅新凱呼出一口氣，平穩的道：

「她是我高中學妹。」

「高中學妹？」姚旭昇更訝異了。「你以前……沒說過。」

「沒什麼好說的。」他沒有看他。

「那你們今天……在談什麼？」

第八章

「沒什麼。」

姚旭昇沒有追問，但明顯的，他感到他的視線緊盯著他，傅新凱沒有動彈，他不知道，為了個女孩子，跟好朋友翻臉，會是什麼狀況？

半晌，姚旭昇又道：

「既然你們高中就認識，那你覺得，原玲這個女孩子怎麼樣？」

「唔……就普通，你問這個幹什麼？」傅新凱坐了起來，在床上看他。

「沒什麼，就問一下。」這次換姚旭昇頭轉過去，沒有看他，兩個人像在捉迷藏。

「你想問什麼？」

「沒有啦！」他低頭看著從未翻頁的書。

「你……常常提到她？到底要說什麼？」傅新凱心中已經有了底。

「嗯……」姚旭昇終於說了：「我只是想說，既然你高中就跟她認識，那你說不定比我更了解她，我想知道，要怎麼樣才能追上她？」

劇烈的閃電劃過腦海，傅新凱垂眸，待那震盪過去，才以他自己都覺得詫異的冷靜跟他說話：

「你想追她？」

「嗯。」

「我對她……也不是很清楚。」他清楚的只有當初那個開朗的楊原玲，而不是現在這個心事重重的。

「喔！」姚旭昇的口氣，有淡淡的失望。

「追女孩子嘛！得靠自己。」

「說得也是。」

「你……加油了。」他竟然還在為他打氣？

「我知道了。」

第九章

偌大的校園裡聲音雜亂，傳新凱覺得有點煩，不過宿舍又待不住，只好往外面跑。

就算姚旭昇沒有在宿舍裡，在那個地方，他也透不過氣來。

最近姚旭昇很少在宿舍，很多時候，都見他相當忙碌，傳新凱也沒過問，他不想談了更尷尬。

從那一次之後，他們就再沒有提過楊原玲了，這個名字彷彿是個禁忌，多談一次都危險。

「……新凱學長？你聽到了嗎？」

「啊？妳說什麼？」他都忘了身邊還有個人。

林欣儒抗議起來：

第九章

「學長，你都沒在聽嘛！我在說昨天那場美國的小牛隊對金州隊的那場比賽你有看嗎？」

「嗯。」

「那你覺得他們昨天的表現如何？」

「還可以啦！」

「你不覺得小牛隊的球員很有趣嗎？他們來自世界各地，像個世界隊……新凱學長，你在想什麼？」見他漫不經心，林欣儒有點洩氣。

「沒什麼。」

「可是從剛才到現在，你好像都沒在聽我說話。」只有她在這邊唱獨角戲，覺得好無聊。

「我只是……肚子餓了，有點注意力不集中。」傅新凱找了個理由。

「那我們去吃飯吧！」不待他點頭，林欣儒拉著他的手往餐廳走，傅新凱也不好說什麼，反正肚子也餓了，就跟她去吃一餐吧！

往餐廳走了過去，菜色也沒多少了，他們來的時間較晚，大部份的位置都被人坐了，兩個人拿著餐盤站在原地，尋找有無可以坐下來的地方？傅新凱一眼望去，便看到姚旭昇和楊原玲坐在一起。

學校就這麼點地方，走來走去都會碰到熟人，但是他們在一起……

一股沒來由的衝動驅使他向前走，林欣儒見他往前走也沒叫她，連忙在後面邊跑邊叫：

「新凱學長，等等我。」

在他們兩個沒發現之前，在他們面前坐了下來。

原本低頭吃飯的姚旭昇驚訝的抬起頭來。

「新凱？」

坐在姚旭昇旁邊的楊原玲見到他的到來，神色都變了，她的表情僵硬，原本動箸的雙手也停了下來。

「學長，等一下嘛！」跑過來的林欣儒見到熟人，眼睛亮了起來。「原玲，太陽學長，你們怎麼也會在這裡？」

「學妹，妳也來啦！」姚旭昇打著招呼。

「對呀！今天人好多，還好這裡有位子，又碰到了你們，真好。」林欣儒高興的坐了下來。

「你們一起過來呀？」

「對呀！我剛剛去找新凱學長，剛好他說肚子餓，我們就過來吃飯了。」林欣儒大方說著。

「妳去找他？」楊原玲開口了，眼神對上傳新凱的，然後又低頭下去。

「對啊！」

儘管已經知道林欣儒喜歡他，但從她的嘴裡吐出來，楊原玲還是感到悶悶的。

「原玲，你們怎麼會在這裡？」林欣儒問道。

「我去載她過來上課。」姚旭昇比她更快一步回答。

「這麼好？太陽學長，你怎麼不載我？」

「妳有新凱不就夠了嗎？」姚旭昇似戲謔、似認真的道，說得林欣儒臉上一紅，將飯菜塞入口中。雖然她對傅新凱有好感是大家都知道，不過被點破時，還是感到害羞。

而傅新凱則從坐下來之後，便不發一語。

雖然是吃著飯，但他就坐在她前面，視線有意無意望向她，楊原玲閃躲著他的眼神，避免與他有所交集。

他似乎……不高興？

她竟然了解他的情緒？或許是她太過敏感，或許他仍對她感到憤怒……楊原玲喉頭像縮了起來，胃口盡失。

「我……我吃飽了。」楊原玲放下碗筷。

「原玲，等等我，我們等一下一起去上課。」林欣儒著急的說道。

「妳慢慢吃，不要趕，我先走了。」

「我們一起走吧！」姚旭昇也站了起來，將他們用畢的餐盤順便帶走。「新凱，我

第九章

先走囉！拜拜。」

望著他們離去的身影，楊原玲的身影……彷彿要被姚旭昇奪走……

那沉寂許久的、在心裡深處的、曾經擁有過的力量，逐漸……甦醒，推擠著他、拍打著他……

他困苦、他迷惑，卻知道，再繼續下去，他很有可能會更加痛苦……

「他們常在一起嗎？」他終於開口了。

「唔？」林欣儒雖然嘴裡含著排骨，還是努力回答：「你說原玲跟太陽學長啊？對啊！」

「他們到什麼關係了？」

「什麼意思？」

「就是……他們是男女朋友嗎？」他多麼厭惡這個名詞。

「他們都這樣了，難道不是嗎？」林欣儒反倒有點訝異。

他真的聽他的話，去追楊原玲嗎？

傅新凱感到把自己推入死巷，四處碰壁，一切的結果，都是自己造成的。

※　※　※

楊原玲坐在校外的咖啡廳裡，望著窗外，想把腦袋掏空，卻仍不得空閒。心底，有點恍惚，不得踏實。

最近姚旭昇不斷約她，不是吃飯、就是喝咖啡，十分勤快，剛開始她拒絕，然而拒絕到後來，她都不好意思，因為姚旭昇聽到她這麼說，也只是笑笑，沒再多話，然後下一次，他又繼續邀請。

像這樣一個溫和的人，她不忍傷害，到最後，只好答應。

「原玲，妳的咖啡來了。」姚旭昇端著托盤走了過來。

「謝謝。」

「要加糖嗎？」她點的是黑咖啡。

「不用。」她端了起來，捧到面前。會點黑咖啡不是她識貨，而是從來沒試過，她想試試看。

第九章

輕啜一口，哇！真的好苦，整個人彷彿清醒過來，她皺著眉頭。

姚旭昇見她如此，忙問：

「怎麼了？」

「沒、沒事。我還是加糖好了。」她伸手要去拿糖包，姚旭昇倒是先幫她打開了。

「我幫妳。」

「謝謝。」

姚旭昇將糖粉灑了下去，攪動湯匙，再將杯子推到她面前，這一次，楊原玲小心翼翼的輕啜，嗯，比剛才好多了。

「這給妳。」姚旭昇將三明治遞到她面前。

「我沒有點啊！」楊原玲莫名其妙。

「我怕妳肚子餓，就先替妳點了。沒關係，吃吧！」

「……謝謝。」楊原玲拿起來咬，不敢看他。說真的，面對姚旭昇時，總是有點心虛，因為她並不是名正言順該待在他身邊的人，會答應跟他出來，只是受不了拒絕他，而情況……不該是這樣的……

喜愛的蔥油餅味在空中飄散，讓她相當錯愕。

這間咖啡店雖然沒明定規定不可攜帶外食，不過這個人也太誇張了吧！明目張膽，無視於他人的存在，就這麼大剌剌的吃了起來。

楊原玲用鼻子搜尋來源，赫然發現是傅新凱！

他就坐在不遠處，大啖美食，腦海迅速閃過以前放學時，在學校門口買蔥油餅分食的狀況。

他是故意的嗎？

「新凱？」姚旭昇頗為驚訝。「你什麼時候來的？」他就坐在他們隔壁。

「剛到。」桌上還擺著不協調的咖啡。

「你……要不要過來一起坐？」既然都是熟識，這要求不過分。

「不用了，我吃完就走人。」傅新凱看都沒看他們一眼。

「喔！那就算了。」姚旭昇彷彿鬆了口氣，才回過頭來。「原玲，怎麼了？三明治

第九章

不吃了？」

「我……我吃不下。」她突然失去胃口。

「慢慢吃，不急。」

就算這時候喝的是黑咖啡，她大概也沒什麼感覺了吧？處在這樣的環境，楊原玲恨不得化為蒸氣，立刻消失……

※　※　※

「新凱學長！」林欣儒在二十公尺以外見到他，便迅速地奔過去。傅新凱從來沒有主動來找過她，這次竟然到他們系所大樓？這讓她又驚又喜。

「欣儒？」傅新凱的眼神有些驚訝。

「你怎麼來了？」

「沒什麼，我要走了。」被熟人發現，傅新凱不太不自在。

「新凱學長……」林欣儒呆呆的看著他離開。要不是要上課，她就找他去打球。

「欣儒，怎麼了？」一個聲音傳來，林欣儒回過頭，打招呼：

「太陽學長，是你呀？原玲，妳來了呀？」

姚旭昇送楊原玲來上課，遠遠的就看到她站在外面，姚旭昇好奇的問道：「妳怎麼站在這裡？不是要上課了嗎？」

「對啊！剛剛新凱學長來，然後又走了。」她有些失落。

「傅新凱？」楊原玲愣了一下。

「對呀！」

「他來做什麼？」

「我也不知道，問了他也不說。」

最近……怎麼好像老是碰到他？楊原玲對他非常敏感，如果早來一分鐘，是不是就會碰到他？

閃過這個念頭，卻不知是不是失望？

「好了，妳們要上課，那我先走了，再見。」

「太陽學長拜拜。」林欣儒與姚旭昇打完招呼，隨即拉著楊原玲的手往大樓裡面走。本來楊原玲對她的熱情很不能適應，到後來還是接受了。

悠悠的嘆了口氣，楊原玲轉過頭訝異的看了她一眼。「欣儒，怎麼了？」

「原玲，妳覺得……新凱學長到底喜不喜歡我呀？」

楊原玲渾身一震，逃避的道：

「妳怎麼會問這個問題？」

「因為我覺得學長跟我好像好遙遠。我知道我不是太敏感的人，可是每次我在學長旁邊，總覺得……他好像很不專心，他是不是討厭我啊？」林欣儒對自己失去了信心。

「不會啦！」楊原玲只能空泛的安慰。

「可是他都沒表示什麼，也沒對我說什麼話，讓我覺得好沮喪喔！」林欣儒嘆氣的道。

「別這樣，說不定……他只是不知道該怎麼回應妳吧？」

「是嗎？」

「男生對這種事，通常都比較不知道該怎麼辦，不是嗎？」

「對喔！說不定是這樣。」林欣儒兩眼突然發光，又開始炯炯有神，全身彷彿又灌進了氣，開始活躍起來。「這樣的話，我就放心了。謝謝妳，原玲，要不然我今天一定會很不開心的，妳真是我的好朋友。」

「好朋友？」楊原玲被這個詞刺了一下。

「對啊！好朋友。」絲毫沒有察覺到好朋友的不對，林欣儒滿臉笑容，覺得未來又充滿了希望。

相較於她，楊原玲則是一片茫然。

因為她不知道自己的心，究竟在哪裡？

※　※　※

這些日子以來，傅新凱過得並不正常，他也明白。

三不五時出現在楊原玲身邊，莫名其妙的想見她，他也不在乎讓其他人發現他的存在。潛意識中，他希望他們注意到他，特別是她……

第九章

不過她似乎毫無反應，該死！為什麼最在乎的，反而特別不重視他呢？

可惡！

騎著唯一的代步工具奔馳在馬路上，夜深的仰德大道沒什麼車子，他也就更加放肆了。

夜風吹過他的兩頰，灌進衣服裡，撐得像是要將他吹起來似的，心中的鬱悶卻怎麼也吹不散。於是油門催得更加張狂了，他讓它放縱，不停的往前騎，天知道會騎到什麼地方，反正他沒有意見。

就連宿舍，也不知道該怎麼回去。

這陣子他沒有辦法面對姚旭昇，兩個人極有默契，除了睡覺之外，其他的時間都錯過，甚少碰面。

或許姚旭昇心知肚明，所以才做得這麼明顯？他沒有問他，問了，恐怕和諧被撕破，會變成什麼樣，沒有人知道？

油門又加快了，四周的景物都看不清了。

原本是恨著她的，對，是恨，恨她的薄情、恨她的鄙視，可是，她又闖進他的生命，而且過去的總總不斷浮現，並且都是美好的……

他們第一次奇妙的認識；放學後，他留下來幫她補習；她開懷的笑容及生動的言語；他們曾經一起吃過小吃……這些，全部占據他的腦海，全部都是她啊！為什麼不能記著她把他的心踩在地上，不屑一顧的情況呢……

當她已不再屬於他，而是另外一個人的，其他的，都無關緊要了……

車子倏然一偏，整個夜空立刻兜轉，身體和大地緊密貼合摩擦，而整個摩托車也往前甩去。

傅新凱連滾了兩、三圈，最後趴在地上喘氣，看著杳無人跡的街道，只有昏暗的路燈作伴，半晌，才知道發生了什麼事。

他竟然……摔車了？

整個身體這時候才開始感到疼痛起來，皮膚的撕裂混雜著心靈的舊疾，還會更糟嗎？這時候他才驚覺，如果連生命都不怕失去，還在乎其他嗎？

※　※　※

第九章

心沉沉的，總覺得積壓得十分難受，想找個宣洩的方法排出去，但又不知道該如何做？楊原玲相當不舒坦。

是最近壓力太大了嗎？

身邊跟著姚旭昇，腦子卻想著傅新凱，她……到底是怎麼回事？連她都對現在的自己有些厭惡，但又無法改變。

姚旭昇將摩托車從停車格中拖出來，交給她安全帽，為了她，他去買了頂女用的。

「原玲，給妳。」

「好。」接了過來，楊原玲將安全帽戴上。

這兩天姚旭昇載她上下學，剛開始她本來想拒絕，但是只要看到他溫和的臉蛋，即使她說不，他也不在意的笑笑，反倒叫她更難拒絕。於是，默默的允許他對她的好。

戴好之後，正準備坐上車，這時忽然林欣儒匆匆跑了過來！

「楊原玲，等一下！」

「欣儒？」楊原玲見她跑得又急又喘，不大對勁，忙問：「怎麼了？發生了什麼事？」

停下來喘口氣，林欣儒並未回答，反而對著姚旭昇問道：

「太陽學長，新凱學長……他在哪裡？」

「什麼？」楊原玲見她問得著急，感到莫名其妙，而這時姚旭昇反而轉過頭去，這是怎麼回事？

「學長？」林欣儒焦急的問道。

「欣儒，到底怎麼了？」看她不對勁，楊原玲忍不住問道。

「剛剛……下課時，我到……籃球社去找新凱學長，社裡的人說他不在，說他出車禍了……我問他們新凱學長在哪間醫院，竟然沒有人知道？所以我才跑來找太陽學長，還好你們還沒走掉。」這才是林欣儒的目的。

「什麼？妳說什麼？」楊原玲的臉色立即大變。

第九章

見到她的反應，林欣儒更加吃驚，仍然回答：

「新凱學長出車禍了，我想去看他，太陽學長，他在哪裡？」她抓住姚旭昇，姚旭昇卻沉默不語，慌得她低聲下氣哀求：「學長……」

傅新凱出車禍了？他出事了？

錐心的疼痛刺來，楊原玲再也無法無動於衷。聽到他出車禍，腦海閃過的是他倒在血泊中，奄奄一息……整個心扭在一起，戳穿了再也無法掩飾的關係。

就算不再聯絡，也不願從此沒有他的消息，就算過去帶給她什麼樣的傷痛，也不及他存在的重要。

而跟了她一天的姚旭昇，竟然什麼都沒告訴她？

「旭昇學長，你……早就知道新凱學長出事了？」她乾著喉嚨問，姚旭昇避開她的眼神。

「他們是室友，怎麼可能不知道？」林欣儒奇怪的道。

「是不是？」楊原玲的音量大了起來，她沒有看林欣儒，反而一直盯著姚旭昇，一向溫和的姚旭昇，這時候突然露出一個古怪的神情。

「妳很擔心他嗎？」他問道。

「我當然擔心……」林欣儒回答，卻被姚旭昇打斷：「我不是在問妳！」

林欣儒莫名其妙的看著姚旭昇，望著他和楊原玲彼此對視，氣氛十分詭異，像是有什麼隱忍著，而她卻不了解。

這不是重點，林欣儒受不了的大喊：

「你們現在在幹什麼？太陽學長，新凱學長到底在哪裡？」

「他……在宿舍裡。」姚旭昇回答林欣儒，卻一直看著楊原玲。

就在那一剎那間，楊原玲明白了，他一直都知道……即使沒有開口，他只是站在一旁觀看，然後消極的等待……

「謝謝。」林欣儒得到答案，就要跑走，這時候楊原玲連忙喊道：

「欣儒，等一下！」

「嗯？」她奇怪的回過頭。

第九章

「我跟妳去。」

「喔？好……好呀！」原玲也要來？林欣儒沒有想太多，答應了，反正大家都是朋友，去探病也是應該的。

楊原玲將安全帽拿了下來，還給姚旭昇，投向他一個眼神，然後，頭也不回的跟著林欣儒跑走了。

姚旭昇拿著楊原玲還他的安全帽，沒有阻止。

望著她離去的身影，他只知道消失了，她消失了……

故意隱瞞這個消息，就是他知道，極有可能為他們帶來變化，所以絕口不提傅新凱的事，也不想去挖掘。是他的私心，沒想到，還是阻止不了……

終究，不是屬於他的嗎？

※　※　※

跟著林欣儒衝到男生宿舍，看著她熟悉的找到傅新凱和姚旭昇住的寢室，這時才發現她跟他是這麼遙遠，楊原玲簡直不敢相信。

她和他，是上個世紀的事嗎？

記憶如潮水般湧來，與他相處的那段青春歲月，不論是甜蜜的、痛苦的、快樂的、悲傷的……全都印在她的生命裡，成了不可分割的一部分。縱使青澀，也是成長的滋味。

而今天，他要從她的生命中，完全離開了嗎？他和她緊密的那段日子，也要跟著煙消雲散了嗎？

她寧願悲傷再延續，也不要從此失去他。

臉色一定相當難看，楊原玲無法思考現在的行為是否恰當，她只知道，她沒辦法再漠視自己的心……

「學長！」林欣儒推開了大門，衝了進去。

門一推開，她就看到傅新凱站在房間，他手臂、腳上裹著紗布，臉上還有藥水的痕跡，他人好端端的站在那裡。

新凱……他沒事？

第九章

楊原玲傻在原地，一時間，相當狼狽，而這時林欣儒的聲音傳進她耳朵，只聽得她不斷問道：

「新凱學長，怎麼樣？你沒事吧？你受傷了？你怎麼在這裡？沒有在醫院？怎麼不住院呢？」

流暢如瀑布的話語倒在兩人之間，完全濺不起水花，傅新凱望著站在門口的楊原玲，楊原玲甚是尷尬。

「籃球社的人說你出車禍，你人又在這裡，到底是怎麼一回事？……新凱學長！」發現他沒有在聽她說話，林欣儒忍不住抗議。

「妳怎麼來了？」傅新凱問道。

「當然是關心你才來的……」林欣儒回答著，驀然發現他不是在看她，而是她的背後，同樣的漠視讓她終於有點警覺，他……好像從沒看到過自己……

楊原玲站在門口，沒有說話。

傅新凱望著她，她低下頭去，那藏在鏡片後面的眼神，他很難抓住。

「新凱學長……」林欣儒察覺到，似乎她才是那個最不該站在這裡的人……只是，她不知道如何退場？

楊原玲轉身離開，傅新凱拐著步伐，追了上去。

「原玲！」

「學長！」心疼他的傷勢，林欣儒叫了起來。

傅新凱望了她一眼，眼神相當複雜，卻沒有留戀，林欣儒終於發現，他的眼裡，沒有她……

一失神，傅新凱已離開眼前。

第九章

第十章

「原玲，等一下！」由於腳受傷，行動本來就不便，再加上楊原玲又走得快，他心一急，竟然從樓梯上又跌了下來，發出巨響。

原本走在前面的楊原玲聽到聲音，連忙回過頭來，直接衝了上去。

「新凱，你還好吧？」

傅新凱冒著冷汗，痛得齜牙咧嘴，仍然費力的站了起來，發現不成，索性拉著她，坐在階梯上。

見他沒有說話，楊原玲急了，不斷呼喚：

「新凱，你到底怎麼了？哪裡受傷了？新凱？」

「我受傷的地方，妳看不到。」

楊原玲一愣，站在原地，他……在指什麼嗎？

第十章

傳新凱抬起頭來，那雙澄澈的眼眸，似乎在訴說著過去……楊原玲撇過頭去，不敢正視。

沉默沒有太久，傳新凱開口：

「我以為，妳不理我了。」

「是你沒有理我。」

或許吧？但他沒有承認。「為什麼過來？」

楊原玲相當狼狽，一聽到他出事時，她什麼都不顧了，只想知道他的安危，怎麼他雖然出事，人還是好好的站在她眼前，先前的驚憂、恐懼完全消失，剩下的是難堪。

沒聽到她的回答，傳新凱追問：「原玲？」

「不知道。」

「不知道？」他錯愕。

「對，不知道。我們，本來就不該聯絡的。」他的話仍刺在她的心頭，那永遠拔不出來的毒針。

對於自己說過的話，傅新凱很清楚。

他閉上眼睛，有些無力。「不用把我說過的話記這麼清楚。」

「可能不記得嗎？」

「那妳還記得……我跟妳表白的事嗎？」

提起這段往事，楊原玲全身都燥熱起來，那火苗像是竄燒到臉蛋，將她拉回到過去的記憶，她還記得當時的心情……

「你提這件事做什麼？」她轉過頭去。

「我想知道……妳的答案。」他站了起來，與她平行。

在這麼久以後？

楊原玲愕然的望著傅新凱，他……看起來不像開玩笑，彷彿之間，他們又回到了那段歲月……彷彿之間，他和她牽手走在校園裡……時間的隔閡在他的這句話之中，竟然……消失了？

第十章

「你……你說什麼？」

「我還沒有聽到妳的答案。」那時完全被憤怒籠罩，他沒有給她機會。

「你……你……」楊原玲說不出話來。

「很難嗎？」看來，他始終進不了她的心。嘴中泛著苦澀：「或許……妳早有了選擇。」

「什麼？」

「旭昇是個很好的選擇。」

「你……他……我沒有……」一旦遇到感情事，她的說話能力就完全失控，舌頭都打結了。

「妳不是跟他在交往嗎？」

「沒有呀！」她急欲辯駁。

傅新凱的眼睛亮了起來，明眸有了精神，不過還是不敢輕忽。「旭昇一直對妳很有好感，那妳對他……」

「他……他是個很好的人，可是、可是……」

「嗯？」

看著傅新凱，楊原玲不知道怎麼說出口，對姚旭昇的，和對傅新凱的感情完全不同。姚旭昇對她很好，好到令她有壓力，而傅新凱……即使他曾傷過她，她卻依然放不下他。

她不知如何開口……

期盼著她的答案，她卻始終沒有開口，傅新凱越來越焦急，索性吐出積壓許久的話語：

「那就當我的女朋友吧？」

「可是……欣儒她……」

一提到林欣儒，兩個人臉上的光彩都消失了，傅新凱垂下了眼，深呼吸一口，緩緩的道：

「我對欣儒沒有任何感覺，一直當她是個很好的朋友。兩個屬性不同的人，怎麼能放在一起？妳寧願把我推給妳的朋友，而不願自己留下來嗎？」

「不、不是……」

「那麼……為什麼又重覆一次？」

是嗎？她真的在這麼做嗎？楊原玲瑟縮了一下，發現，原來破壞他們感情的劊子手，是她自己……

「我不想把你讓給任何人，只是……欣儒是我朋友，我不想讓她痛苦。」她不是不想跟她深交嗎？怎知……原來自己抗拒不了友情的誘惑，早已把她視為好友而不自知。

「妳就寧願讓我痛苦嗎？」

「新凱……」

「我喜歡妳，一直都喜歡妳，我以為不再看到妳後，就可以不再想妳，我也做到了，可是……妳又重新出現在我眼前，打亂我的生活，我的思緒，然後，妳又要把我推開，一走了之嗎？如果……妳有喜歡的人，至少給我一個交代，好讓我死心……」

「新凱……對不起、對不起……」聽到他的話時，楊原玲幾乎崩潰，她緊緊抓住他，淚已流了下來。「我不會……把你讓給別人了。」

「原玲？」在絕境中，他嗅到了一絲希望。

「我喜歡你，真的。」

餘燼中又竄起了一絲火苗，然後逐漸燃起，傳新凱的眼眸，閃爍著耀眼的光芒，聽到她的吐露，那痛過的心靈，得到了撫慰。

坦率的面對自己的感情，楊原玲感到所有的壓力，都消失了。

原來，壓力一直來自於她自己，她痛苦、她掙扎，全部都在死巷裡打滾，她看不透自己的迷茫，而現在，他陪她走了出來。

在感情這一條路，她走得跌跌撞撞，如今，全都有了代價。

原來，她一直喜歡……一直喜歡傳新凱，喜歡，和被喜歡，是她最珍貴的報酬。

※　　※　　※

連續幾天，楊原玲都躲著林欣儒，然而學校還是得去，於是在上課前，楊原玲挑了個角落的位置坐下，免得兩人相遇尷尬。

「原玲，給妳。」林欣儒拿著一份影印好的筆記，放在她面前。

「這是……」楊原玲驚訝的抬起頭。

「妳這兩天沒來上課，這是我的筆記，整理得很爛啦！不過老師講得應該都有寫到，妳就將就一下啦！」林欣儒仍是擺著那一份招牌笑臉，像是她第一次見到她時，那般燦爛。

「欣儒，妳……」

「好了，幫我占一下位置，我去上一下洗手間。」林欣儒將背包放在她旁邊的位置上，準備跑開。

「欣儒，妳……對不起。」她聲音極小，還是被林欣儒聽到了。

「妳說什麼?」她停了下來。

「我……」看到她的臉蛋，楊原玲不知道該怎麼開口，因為她表現得像完全沒發生任何事。

「什麼啦？再不快點的話，我要去廁所了喔！」

「妳……妳不生氣嗎？」楊原玲小心翼翼的問道。本來她不知道怎麼面對林欣儒，躲了兩天之後，還是決定來學校。而林欣儒又表現得那麼自在，反倒讓她相當愧疚。

「生氣？為什麼？」

「就是……」她一時不知如何開口。

「妳說新凱學長呀？」她是有些大而化之，但並不笨。林欣儒露出一個閃亮的笑容，道：

「感情的事，本來就不能勉強，我雖然喜歡新凱學長，卻沒有辦法讓他喜歡我，那也是無可奈何的，我總不能怪他。而且妳真的很優秀，選了妳，是他眼光好，證明我看人的本事是一流的。」林欣儒幽默的言語逗得楊原玲笑了起來。

「可是……我沒有跟妳講，我原本就認識他……」好像她占盡便宜。

「呃……對這件事，我是有些介意啦！不過……就算妳講了，也不能改變結局吧？所以沒有關係啦！妳不要一副我借妳幾百萬，而妳沒有辦法還的表情好不好？」

第十章

「欣儒……」

「哎喲！沒事的啦！男生再找就好了，大學還有四年呢！」林欣儒灑脫的道，她個性便是如此。

「噗……」她的話逗得楊原玲笑了起來。

「好了沒？我要上去廁所囉！」

「好。」

望著林欣儒離去的身影，她卻覺得……她並沒有那麼遙遠。

本來她對林欣儒始終保持距離，不敢再接受友情，但是她卻不斷綻放熱情，讓她在不知不覺中，接受了她，成為她最好的朋友。

心中，有股暖暖的……那受傷的心靈逐漸癒合……她不是孤單的，除了傅新凱外，她身邊，還有人。

※　　※　　※

踏入社團，見到姚旭昇正在整理棋譜，楊原玲站在原地，旁邊又沒有人，一時不知如何是好，平常社團人多得像菜市場，怎麼有些時候，冷清得不像話？

「原玲？」姚旭昇主動打招呼。

「學……學長。」

「我還以為妳不來社團了。」

楊原玲只能尷尬地笑了笑，對他，她一直很愧疚。他是如此溫柔善良，她卻沒有選擇他，所以先前她根本不敢踏入社團。

會再進來，是鼓足勇氣的。

「我來借東西的。」

「要借什麼？」

「借棋譜。」

「妳要哪本？還是妳自己來看看？」姚旭昇指了指櫃子，裡面滿滿的都是有關這方面的書籍，像是歷史之淵源，或是棋局研究之類的。有些塵封已久，還不見得每個人都會拿起來看。

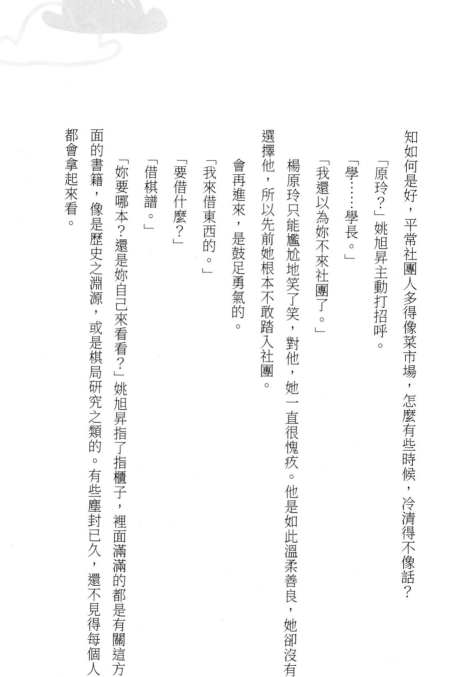

第十章

「嗯，謝謝。」楊原玲走到櫃子前，眼睛盯著前面，卻沒有在找書。腦筋有點亂亂的，心更是浮躁。

半晌，她開口了：

「學長……」

「嗯？」

「對不起。」她總覺得要給他一個交代，所以才又踏進這裡。

姚旭昇望著她的背影，有些了然。雖然目光沒有相交，但他明白她的心思。

「如果妳要對不起，那就算了。」

「嗯？」楊原玲一愣，有些傻住。這話……是從那個她認識溫文的姚旭昇嘴裡說出來的嗎？

「妳並沒有做錯什麼，不是嗎？」

楊原玲轉過頭來，只看得到他的背影。雖然他話這麼說，她還是不安。

「學長，你……討厭我嗎？」

「我怎麼會討厭妳呢？妳是我……喜歡的女孩子呀！」在這個時候，姚旭昇大膽的吐露情意，反把楊原玲嚇個半死！

「學長……」

「妳放心，我沒有要讓妳為難的意思。我知道妳跟新凱早就認識了，只是我不想放棄，想知道，有沒有機會得到妳的心。可是看起來，我還是輸了。」姚旭昇轉過頭來，大方的承認。

「對……對不起……」

「不要道歉，妳並沒有對不起我，是我自己沒辦法停止喜歡妳，還抱著一絲希望。現在既然有新凱了，那就……算了。」姚旭昇聳聳肩。看來，他經歷過一段心路歷程。

「學長……」她好想哭。

「再說，我比較喜歡妳跟新凱在一起。」

「啊？為什麼？」

第十章

「因為，妳笑得比較多了。」姚旭昇靜靜的看著她的臉蛋。

「笑？」

「對，妳以前雖然有笑，可是看得出來是勉強的，那時候，我總覺得妳有心事，所以一直想辦法讓妳笑。可是現在就算沒有笑話，妳的嘴角，還是上揚的，所以……雖然很不甘心，不過跟他在一起，妳真的比較開心。」

她有那麼明顯嗎？楊原玲摸了摸自己的臉蛋。

「你不恨我？」

「我沒有辦法，就算現在，妳還是我喜歡的人……」

「咳！咳！」一記很假的重咳聲傳了過來，兩人往門口一看，傅新凱站在那裡，楊原玲相當尷尬，怕他誤會，忙跑了過去。

「那個……新凱，我……」糟了，又來了，遇到緊要關頭時，她又開始打結了。

「書找到了嗎？」

「還沒。」

「跟人講話啊?」傅新凱看著姚旭昇，姚旭昇索性正大光明與他對視。

「欸……」

「那快一點。」

「好啦!」楊原玲回到櫃子前，看著姚旭昇，又看著傅新凱，想要講什麼，又不知道該如何處理這種場面，滿臉焦急。

「旭昇，我們不是談過了嗎?」傅新凱開口了。

啊?他們談過了?楊原玲望著他們兩個男生，她本來還想好好安撫姚旭昇，沒想到傅新凱已經找過他了?對喔!他們住在一起，說不定早就有他們的解決方法了。

「我知道，不過我也說過……如果原玲不要你的話，我還是有機會的。」

「她不可能不要我。」傅新凱說著，霸道的從她脖子後面環住她，宣告所有權，令楊原玲相當尷尬，卻也感到一絲甜蜜……

「新凱，不要這樣。」還是挺害羞的。

「我知道起跑點我比不過你，但是如果你中途離開的話，我還是有可能插隊的。」

第十章

「謝謝你的提醒。」

「不客氣。」

這兩個男人是怎麼樣？她在一旁提心吊膽，他們卻在一旁有如談笑風生，輕鬆的講著有關她的話題？

「你們在說什麼？」

「沒事，妳不用擔心。」傅新凱輕鬆說著。

「可是……」

「放心，我們不會打起來。」

唔……她想太多了嗎？看傅新凱跟姚旭昇兩個似乎還算和平，沒有干戈的前兆，那麼……她是不是可以暫時不要傷腦筋？

※　　※　　※

「你要搬出來？」楊原玲訝異的問著傅新凱，傅新凱將她遞過來的冰咖啡一飲而盡，呼！真是暢快！

楊原玲掏出面紙，為他擦拭額前的汗。「不要喝那麼快，會傷身的。」

「是、是。」

剛打完球回來，傅新凱坐在樹下吹風，又有楊原玲陪伴，這一刻，他期待很久了。

「你剛剛說什麼？你要搬出宿舍？」楊原玲再問一次。

「對啊！」

「為什麼？你不是住得好好的嗎？」

「妳覺得照我們的關係，我還能跟旭昇朝夕相處嗎？」中間卡著一個女人，就算是兄弟也會反目，他們已經算很客氣了。

這……也是啦！雖然姚旭昇心胸開闊，但要他們每日相見，也是為難他了吧？

「你什麼時候要搬出來？」

「盡快吧！」他枕在她的大腿上，毫不扭捏，他終於明白，為什麼這裡樹下多的是這樣的人？當真是溫柔鄉啊！

第十章

閉上眼睛，他忽然又張開眼。

「對了……欣儒她怎麼樣了？」

「嗯，她好像又開始物色男生了。她說大學還有四年，而且新戀情是撫平舊戀情的最佳良藥。」還好林欣儒夠樂觀，個性積極爽朗，在她身上看不到失戀的痕跡。

「她已經忘了我？」傅新凱有點受到打擊。

「你還想她無時無刻記得你嗎？」

「倒也不是，只是……」

「只是什麼？」楊原玲臉色開始陰沉。

「沒什麼，只是虛榮心作祟……」看她頭頂像要冒出白煙，準備長出青牙，傅新凱忙揮手。「沒啦！我是開玩笑的啦！」

「你很失望是不是？」

「沒有啦！我不是說過我最喜歡的是妳嗎？原玲，別生氣。」

「哼！」她轉過頭去。

「怎麼了嘛？」

「誰叫你在我懷裡，還在談別的女人？」

「我不是故意的，我只是隨便問問的嘛！欣儒也是妳朋友，難不成我連她的名字都不能提嗎？原玲……」

「我看你很失望的樣子。」她假惱，兩頰還鼓起來。

「都說了我最喜歡的是妳，我從第一眼見到妳時，就喜歡上妳了，怎麼還有別的女人？妳想太多了。不要生氣了嘛！」看她好像還不相信的樣子，知道她心裡仍有疙瘩，傅新凱決定用行動表示。

他飛快的爬了起來，啄了一下她的唇瓣……軟軟的，滋味還不錯。

「你幹什麼？」楊原玲尖叫起來，漲紅了臉，他竟然偷親她？這是她的初吻……在大庭廣眾下？

「證明我對妳的心意。」傅新凱看著她的眼睛道。

「胡……胡扯。」

第十章

「還不夠嗎？再來。」他欺身而上，嚇得楊原玲尖叫，傅新凱忍不住笑道：「妳要讓大家都知道我們在做什麼嗎？」

「不要啦！你走開！」

「為什麼？我想很久了。」

「吼！你露出馬腳了吧？原來你跟我在一起，是有目的的。」楊原玲恢復本性，開始和傅新凱鬥嘴。

「和妳在一起當然有目的，要不然就不會選擇妳了。」

「臭新凱！」

「人家才剛打完球。」

呃……她在說什麼？他又在說什麼呀？

他們又恢復過去胡言亂語的習慣，兩個人有一搭沒一搭，輕鬆的在樹下笑語，彷彿又回到了過去，不過更增加了濃情。

生命，又豐富起來。

偌大校園裡，充滿了青春的歡樂，有人在叫著、跳著，有人在走路，有人在打球，都在揮灑色彩。

每個學子，都有自己的故事，正由自己拓展。

國家圖書館出版品預行編目資料

這一次，我的選擇 / 梅洛琳著 . -- 第一版 . -- 臺北市：崧燁文化事業有限公司，2022.01
面；　公分
POD 版
ISBN 978-986-516-994-7(平裝)
863.57　　110021363

電子書購買

這一次，我的選擇

臉書

作　　者：梅洛琳
發 行 人：黃振庭
出 版 者：崧燁文化事業有限公司
發 行 者：崧燁文化事業有限公司
E-mail：sonbookservice@gmail.com
粉 絲 頁：https://www.facebook.com/sonbookss/
網　　址：https://sonbook.net/
地　　址：台北市中正區重慶南路一段六十一號八樓 815 室
Rm. 815, 8F., No.61, Sec. 1, Chongqing S. Rd., Zhongzheng Dist., Taipei City 100, Taiwan
電　　話：(02)2370-3310　　　傳　　真：(02) 2388-1990
印　　刷：京峯彩色印刷有限公司（京峰數位）

定　　價：275 元
發行日期：2022 年 01 月第一版
◎本書以 POD 印製